KB262154

萬能書生
만능서생

임영기 新무협 판타지 소설 FANTASTIC ORIENTAL HEROES

만능서생 8
임영기 新무협 판타지 소설

초판 1쇄 찍은 날 § 2012년 12월 12일
초판 1쇄 펴낸 날 § 2012년 12월 19일

지은이 § 임영기
펴낸이 § 서경석

편집부장 § 권태완
편집책임 § 박가연

펴낸곳 § 도서출판 청어람
등록번호 § 제1081-1-89호
등록일자 § 1999. 5. 31
어람번호 § 제2-2286호

주소 § 경기도 부천시 원미구 심곡2동 163-2 서경B/D 3F (우) 420-822
전화 § 032-656-4452 팩스 § 032-656-4453
http://www.chungeoram.com
E-mail § chungeorambook@daum.net

ⓒ 임영기, 2012

ISBN 978-89-251-3099-6 04810
ISBN 978-89-251-2960-0 (세트)

만능서생

임영기 新무협 판타지 소설 FANTASTIC ORIENTAL HEROES

절강평정

8

청어람

第七十九章 승부수

　용비는 오전에 추혼검대 백 명을 모조리 조아강에 수장시
킨 후 여의신벌에 속한 전체 수하들을 만능전 앞 너른 광장에
모이게 하여 성대한 연회를 베풀었다.
　여의신벌이 처음으로 거둔 대승을 자축하기 위해서였다.
자금부족으로 쪼들리고 있지만 돈은 이럴 때 쓰라고 필요한
것이다.
　여의신벌 사람들은 절대십천의 무시무시한 추혼검대를 자
신들이 한 명도 남기지 않고 도륙했다는 사실에 모두 기분이
최고조에 이르렀으며 사기가 하늘을 찔렀다.

연회가 끝난 후 용비는 몇 가지 업무를 처리하고 나서 여의신벌을 떠나 혼자서 화봉각으로 왔다.

전당강 남관구 포구와 그곳에서 항주 성 남문으로 가는 관도에는 일반 백성들보다 절대십천 고수들과 그들의 사주를 받은 항주삼세 고수들이 더 많이 깔려 있었다.

아무리 만절사신공을 터득한 용비라고 하지만 모습을 보이지 않게 할 수는 없다.

또한 역용으로 변장을 하지 않았으므로 제일 좋은 방법은 그들의 눈에 띄지 않는 것뿐이다.

다행히 화봉각은 항주 서문 밖 서호에 위치해 있으므로 굳이 성을 통과하지 않아도 갈 수 있다.

용비가 전당강 강가의 인적이 없는 곳에서 야산과 숲, 서호변을 거쳐서 화봉각까지 가는 동안 마주친 사람은 아무도 없었다.

단지 들판에서 농사를 짓거나 서호에서 고기잡이하는 어부들을 몇 명쯤 보기는 했으나 그들은 용비의 그림자도 발견하지 못했다.

한정과 수진랑이 옥연을 받아들이기로 허락했으나 용비는 영 탐탁하지 않았다.

하지만 옥연을 여의신벌로 끌어들이지 못한다면 죽도 밥

도 안 된다.

절대십천 척멸의 거보를 한 걸음 내딛기도 전에 자금 압박 때문에 멈춰야만 하는 것이다.

용비는 화봉각 총기주 군영과 부기주 연충의 안내를 받아 옥연의 거처인 천봉루로 향했다.

어젯밤처럼 몰래 천봉루 옥연의 거처로 잠입할 수도 있었으나 오늘은 정식으로 화봉각이 여의신벌에 병합되는 날이기 때문에 절차를 거쳤다.

군영과 연충은 오랜만에 용비를 보고는 그가 많이 변했다는 사실을 한눈에 간파했다.

예전보다 키도 조금 더 커졌으며 후리후리한 체격은 그대로인데 전체적으로 단단해졌다는 것이 달라진 모습이다.

그러나 무엇보다도 큰 변화는 겉모습이 아니라 그에게서 흘러나오는 기도였다.

과거 그에게서 느껴지던 오싹함과 소름끼치는 느낌, 불쾌함은 조금도 찾아볼 수가 없었다.

대신 온화한 여유와 초탈함이 느껴졌다. 그것은 봄바람이나 잔잔한 수면의 일렁임 같았다.

군영과 연충은 오랜만에 만나는 용비가 반가웠으나 그의 분위기가 부드러워졌음에도 오히려 예전보다 말을 걸기가 더 어려웠다.

실내로 들어서자 차를 마시고 있던 옥연이 우아한 동작과 화사한 미소를 지으면서 일어섰다.

"어서 오세요."

그런 몸가짐과 표정은 화봉각주로서의 그것이다.

용비는 그녀의 진실한 모습뿐만 아니라 그녀조차도 모르고 있던 또 다른 내면까지도 두루 알고 있다. 하나를 보면 열을 아는 용비인데 이미 그녀의 여러 내면을 보았다. 구궐심장(究厥心腸). 그녀의 내장 속까지도 속속들이 들여다보고 있는 것이다.

그는 다가오는 옥연의 화사하게 미소 짓는 얼굴 한구석에 긴장하는 기색이 엷게 어려 있는 것을 발견했다.

그녀는 용비가 갖고 온 대답을 궁금하게 여기고 또 그것 때문에 긴장하고 있는 것이 분명했다.

그 일은 용비 혼자만이 아니라 그녀에게도 매우 중요하기 때문이다.

용비는 옥연이 본모습을 감추는 대신 만들어낸 우아함과 위엄으로 자신을 맞이하는 것이 조금 못마땅했다.

그녀는 평상시에 그랬던 것처럼 화봉각주의 모습일 뿐이지만 그녀의 진면목을 두루 알고 있는 용비는 그녀가 가식을 뒤집어쓰고 있는 느낌을 받았다.

예전에는 그녀를 못마땅하게 여긴 적이 거의 없었다. 그럴 이유가 없었다.

오히려 여러모로 도움을 주는 그녀에게 일말의 고마움을 느꼈었다.

그러나 그녀가 화봉각주가 아닌 한 명의 여자, 그것도 용비 자신의 아내로 맞이해야 하는 상황에 직면하자 예전에는 없었던 감정이 갑자기 급조된 것이다.

"차로 할까요? 아니면 술이라도."

그런 용비의 마음을 알 리 없는 옥연은 한껏 우아함을 뽐내면서 근사한 손짓을 지어 보였다.

일신에 최고급의 울긋불긋한 비단옷을 입고 머리까지 궁장으로 멋들어지게 틀어 올려 보석으로 장식한 그녀는 고귀한 황녀 같았다.

용비는 그런 그녀의 위선에 또 기분이 조금 상했다. 그리고 그녀를 아내로 맞이할 바에는 단단히 버릇을 들여놔야겠다는 생각이 들었다.

그는 자신보다 머리 하나 반쯤 키가 작은 옥연을 내려다보면서 슬쩍 미간을 좁혔다.

"머리 올린 것 보기 싫다."

"……."

전혀 예상하지 못했던 말에 옥연의 표정이 가볍게 변했다. 더구나 심복수하인 군영과 연충이 있는 자리에서 창피를 당했기에 한출첨배(汗出沾背) 등줄기에서 땀까지 났다.

옥연 뒤쪽 좌우에 서 있는 군영과 연충은 그녀보다 더 크게 표정이 변했다.

용비가 거침없이 옥연의 겉모습에 대해서 지적을 했으며, 그것도 반말로 내뱉었기 때문이다.

그래서 두 사람은 옥연의 명령이 떨어지면 용비를 공격하기 위해서 만반의 태세를 갖추었다.

두 사람이 알고 있는 옥연이라면 이런 상황에서 즉각 공격 명령을 내릴 것이 분명했다.

옥연은 용비가 그런 말을 할 줄은 전혀 예상하지 못했다. 하지만 그녀는 용비에게만큼은 예전의 옥연이 아니다.

그녀는 이미 보이지 말아야 할 꼴을 그에게 많이 보였다. 그리고 그녀는 자신의 가장 큰 무기인 자존심을 어젯밤 그에게 무참하게 꺾이고 말았다.

더구나 그녀는 지금 같은 중요한 시기에 용비의 기분을 상하게 하고 싶지는 않았다.

그래서 처음에는 분노하여 쏘는 듯이 용비를 주시하다가 감정을 억누르며 살짝 눈을 흘겼다.

"그럼 어떻게 하면 당신 마음에 들겠어요?"

군영과 연충은 옥연의 말에 조금 전보다 더 놀랐다. 지금 두 사람이 보고 있는 옥연은 자신들이 모시는 화봉각주가 아닌 것 같았다.

"풀어라."

"네, 잠시 기다리세요."

옥연은 대답과 함께 돌아서서 사뿐사뿐 안쪽의 내실로 향했다. 이왕 한 번 꺾인 자존심이거늘 두 번인들 못 꺾이겠느냐는 것이 그녀의 심정이다.

궁장 머리는 혼자 풀지 못하기 때문에 하녀의 손을 빌리려는 것이다.

"군영, 용 공자께 차를 대접해라."

그녀는 붉은 비단 치마에 감싸인 탐스러운 궁둥이를 살랑살랑 좌우로 흔들면서 육감적으로 걸어가다가 뒤돌아보며 용비를 챙기는 것을 잊지 않았다.

용비는 군영의 지시로 하녀가 차를 갖고 오자 탁자 앞에 앉아서 느긋하게 창밖을 내다보며 차를 마셨다.

탁자 맞은편에 군영과 연충이 서 있지만 두 사람은 용비에게 말을 붙이지도 못했다.

두 사람은 용비가 뭔가 크게 변했다고 여겨서 어려워하고 있는 중이었다. 그런데 조금 전에 용비가 옥연을 대하는 것을 보고는 자신들이 모르고 있는 무슨 일이 있었다는 생각이 들었다.

하지만 두 사람이 알기론 용비는 구 개월 만에 옥연을 처음 만나는 것이다.

옥연이 그를 초대한 적도 없었을뿐더러 그가 개인적으로 옥연을 찾아온 적도 없었다. 최소한 두 사람이 알기로는 그랬다.

더구나 삼엄하기 이를 데 없는 천봉루의 감시망을 뚫고 용비가 옥연의 거처에 침입했을 것이라고는 추호도 생각하지 못했다.

잠시 후에 옥연이 나타났는데 조금 전하고는 전혀 다른 모습이며 분위기를 자아냈다.

머리를 궁장으로 한 모습은 고귀한 황녀 같았으나 머리를 치렁치렁 내리고 옥비녀와 장신구로 살짝 치장을 한 모습은 청초하면서도 요염했다.

단지 머리 하나 올리고 내린 것뿐인데 그것만으로 전혀 다른 여자가 되었다.

"이제 됐나요?"

옥연은 용비 옆에 서서 두 손을 허리에 얹고 새침한 표정을 지었다.

용비는 그녀의 말에 대답하지 않았다. 그는 군영과 연충을 내보내야겠다고 생각했다. 그러기 전에 그들의 기를 완전히 꺾어둘 필요가 있다. 앞으로는 그들도 자신의 수하가 될 것이기 때문이다.

"앉아라."

용비가 자신의 무릎을 두드리자 옥연은 가볍게 놀라면서 살짝 얼굴을 붉혔다.

"정말 당신은……."

그리고는 갑자기 엄한 표정을 지었다.

"무엄하군요. 감히 내게 그런 망발을 하다니……."

그녀는 자신을 하늘이라고 여기는 군영과 연충을 의식했다. 만약 그들이 없었다면 용비의 말이 떨어지자마자 망설임 없이 무릎에 앉았을 것이다.

물론 군영과 연충이 없었다면 용비는 옥연을 무릎에 앉히려고 하지도 않았을 것이다.

군영과 연충은 긴장한 중에도 은근히 흥미 있는 표정으로 이 광경을 지켜보았다.

용비와 옥연의 기싸움에서 과연 누가 이길지 자못 기대 만발이었다.

딸깍…….

"그렇게 생각한다면."

용비가 찻잔을 내려놓자 옥연의 표정이 눈에 띄게 변하고 늘씬한 교구가 움찔 떨렸다. 그가 가려는 것이라고 짐작한 것이다.

그녀는 자신이 누구보다도 용비에 대해서 잘 알고 있다고 생각한다.

상대를 수백 번 만나봐야 그 사람에 대해서 아는 것은 평범한 사람들이다.

만약 상대에게 관심이 있으면, 그리고 그녀처럼 심미안(審美眼)이 있는 사람이라면 용비 같은 특별한 사람은 몇 번만 만나봐도 어떤 성격의 소유자인지 알 수가 있다.

그것에 의하면 용비는 식언을 하지 않으며 굴강하고 자존심이 강하다.

그러므로 그가 가겠다고 작정하면 아무도 막지 못한다. 그런 말을 하기 전에 조치를 취해야만 한다.

생각은 짧았고 행동은 더 짧았다. 옥연은 번개같이 몸을 날려 용비의 무릎에 앉았다.

"이제 됐어요?"

무릎에 앉은 김에 그녀는 아예 팔을 그의 목에 두르고 그의 어깨에 비스듬히 몸을 기대며 눈웃음을 쳤다.

용비를 놓칠 수도 있다는 것을 생각하면 수하들이 보는 것쯤은 상관없다고 판단한 그녀다.

군영과 연충은 기절초풍할 정도로 놀랐다. 그들이 알고 있는 옥연으로서는 상상도 하지 못할 일이 방금 두 사람 눈앞에서 벌어졌다.

그리고 그들은 깨달았다. 옥연이 용비의 여자가 됐다는 사실을, 그것은 남자들만이 느낄 수 있는 직감이다. 그러나 둘 사이에 무슨 일이 있었는지는 짐작조차 되지 않았다.

"뜻대로 됐나요?"

군영과 연충이 나가자 옥연은 용비의 목에서 팔을 풀며 미소 지었다.

"뭐가 말이냐?"

용비는 옥연을 내려놓았다.

옥연은 탁자 맞은편에 앉아서 꼿꼿하게 허리를 펴고 용비를 바라보았다.

"군영과 연충 앞에서 그런 식으로 허세를 부릴 필요는 없었어요. 당신이 무엇을 원하는지 내게 말만 하면 그대로 됐을 거예요."

용비는 뜨끔했다. 옥연이 귀에 거슬리는 '허세' 라는 말을 사용했으나 조금 전에 용비가 한 행동은 허세가 분명했다. 정곡을 찔러서 뜨끔한 것이다.

그리고 그 다음엔 그것을 옥연에게 들켰으며 그녀가 그것을 직설적으로 지적했다는 사실이 불쾌하게 느껴졌다.

한정은 물론이고 건방진 수진랑도, 그리고 버릇없는 허실조차도 용비에게 이런 식으로 말한 적이 없었다.

달리 말하면 용비는 한정이나 수진랑, 허실, 그리고 다른 사람들 앞에서도 방금 전과 같은 실수 아닌 실수를 한 적이 있었을 것이라는 사실이다.

단지 한정이나 수진랑 등이 그것을 그에게 지적해 주지 않았을 뿐이다.

'이것은 필요한 것이다.'

인간은 누구나 다 실수를 저지른다. 문제는 그것을 깨닫느냐 그렇지 않느냐는 것이다.

용비는 자신의 실수를 깨닫고 그것을 고쳐 나가는 사람이 되고 싶다.

그는 불쾌했으나 옥연의 행동이 자신에게 필요한 것이라고 인정했다.

사사건건 지적하고 간섭을 하면 안 되지만, 바른 말을 해주는 사람이 곁에 있다는 것은 정말 필요한 일이다.

옥연은 말을 해놓고 아차하는 표정이다. 그녀는 주위에 자신과 대등한 관계이거나 윗사람 한 명 없이 전부 수하들만 거느리고 있다 보니까 눈에 거슬리는 것이 있으면 그 즉시 거침없이 지적하는 버릇이 있다.

그것이 용비에게도 그대로 적용된 것이다. 그래서 일단 저질러 놓고는 용비가 어떻게 반응할지 걱정하는 표정으로 조심스럽게 그를 바라보았다. 그녀가 알고 있는 용비라면 참지 못할 것이기 때문이다.

　용비는 상체를 꼿꼿하게 펴고 정색을 하며 옥연을 똑바로 쳐다보았다.

　그가 심상치 않은 모습을 하자 옥연은 좀 더 불안해져서 용비가 폭발하기 전에 진화해야겠다고 생각했다.

　그녀는 천룡인 용비를 놓치고 싶지 않았다. 그의 등에 업혀서 자신은 봉황으로 성장하여 장차 그와 함께 천하를 호령하고 싶었다.

　그러자면 어느 정도는 자신이 굽히고 그의 비위를 맞춰야만 할 것이다.

　그와 한 배를 타게 되면 모든 것을 지금까지처럼 자기 뜻대로 마음대로 할 수는 없는 노릇이다.

　변화하지 않으면 천룡을 잃게 될지도 모른다. 그럼 그녀도 봉황이 되지 못한다.

　그때 용비가 불쑥 말했다.

　"네 말이 옳다. 앞으로는 그러지 않으마."

　"에?"

　옥연은 깜짝 놀랐다. 그녀는 자신이 뭘 잘못 들은 것이 아닌가 싶어서 아름다운 눈을 깜빡이면서 용비를 말끄러미 바라보았다.

　"앞으로도 솔직한 지적 부탁한다."

잘못 들은 것이 아니다. 용비는 옥연이 전혀 예상하지 못했던 반응을 하고 있는 것이다.

그러나 그것은 최상의 반응이다. 용비처럼 자존심 강하고 굴강한 사내가 자신의 실수를 솔직하게 인정하고 또 앞으로도 그래 달라고 부탁하고 있다.

옥연은 정말 놀랐다. 자신이 버릇없이 굴었다고 자책하고 있는 터라서 더 놀랐으며, 조금 감격하기도 했다. 정말 용비가 그럴 줄은 몰랐었다.

"미안해요."

누구에게 사과를 해보는 것은 정말 오랜만이다. 아마 화봉각주가 된 이후 처음 해보는 사과일 것이다. 사과할 일이 없었고, 있더라도 하지 않았었다.

"다음부터는 조심할게요. 그리고 꼭 필요한 지적만 하겠어요. 이해해 줘서 고마워요."

옥연의 사과에 용비는 뜻밖이라는 표정을 지었다. 자신이 솔직한 것에 대해서 옥연이 우쭐하지 않고 오히려 자신도 고치겠다면서 좋은 쪽으로 한 걸음 더 나아갈 줄은 몰랐다.

그래서 이것이 바로 작은 화합이라고 생각했다. 그는 옥연의 또 다른 좋은 점을 발견했다. 말귀를 제대로 알아듣는 사람은 흔치 않은 법이다.

"각주."

그때 군영이 구르듯이 다급하게 달려 들어와서 놀라운 소식을 전해주었다.

"방금 호천주가 화봉각에 왔습니다."

용비는 움찔했고 옥연은 놀라듯 어이없는 표정을 지었다.

호천주라면 절대십천 열 명의 절대자 중에 사천주이며 현재 항주에 내려와 있는 바로 그자다.

옥연의 얼굴에 긴장하는 기색이 역력했다.

"무슨 일로 왔다고 하느냐?"

"무슨 일인지는 말하지 않고 수하 두 명만 데리고 왔습니다. 그래서 일단 대기실로 안내했습니다."

옥연은 항주의 상황에 대해서 손금을 보듯이 훤하기 때문에 호천주가 항주에 왔다는 것, 그의 심복수하가 몇 명이라는 것 등등에 대해서 잘 알고 있었다.

그녀가 봤을 때 호천주가 수하 두 명만 데리고 왔다는 것은 그저 손님으로 온 것일 가능성이 크다.

만약 다른 의도, 이를테면 화봉각을 조사하거나 수색한다는 목적이었다면 수하들을 더 이끌고 왔을 것이다. 하지만 그런 일은 없을 것이다. 세상에 알려진 화봉각은 단지 기루일 뿐이다.

평소 같으면 지금 같은 상황에서 옥연은 그냥 호천주를 손님으로 맞이했을 것이다. 손님으로 왔으니 손님으로 맞이하는 것이 당연한 일이다.

그러나 지금 이곳에는 용비가 있다. 그에게 달리 무슨 의도가 있는지 물어보는 것이 순서다.

호천주의 최측근은 호천쌍위(昊天雙衛)라는 두 명의 삼십대 중반의 고수다.

호천주는 인공호수로 둘러싸인 별채로 안내되었으며 최상급의 기녀 두 명과 술상이 차려졌다.

호천쌍위는 각각 별채의 입구와 뒤쪽에서 지키고 있었다. 그들은 제자리에 팔짱을 낀 채 꼼짝도 하지 않았다.

원래 특급의 귀빈에게는 화봉각 소속의 호위무사들이 지켜주는 것이 규칙이다.

호천주에게는 다섯 명의 화봉각 호위무사들이 배치되었다. 그들은 별채인 원앙정(鴛鴦亭)을 빙 둘러 오 장 간격으로 서서 지켰다.

원앙정은 이 층이며 팔각 형태인데 전체를 빙 둘러서 수많은 원앙들이 호수에서 헤엄치고 하늘을 나는 조각을 새겼으며, 가히 달을 새기고 구름을 마르는 누월재운(鏤月裁雲)의 매우 아름다운 정자식 누각이다.

지상에서 반 장 높이에 지어져 있어서 입구에서 계단으로 올라가야 하고 전방에 꽤 긴 운교(雲橋)가 있으며 그것이 유일한 통로다.

용비는 화봉각 호위무사로 변장한 상태인데 그 사실을 옥연은 모르고 있다.

용비는 연충에게 부탁하여 호위무사 옷을 한 벌 받아서 갈아입고 호위무사 틈에 섞여서 이곳으로 온 것이다. 즉, 그가 이곳에 온 것은 연충만 알고 있다.

그는 원앙정 계단 위 입구 앞에 서 있는 호천쌍위의 좌위(左衛) 왼쪽 세 걸음 떨어진 곳에 서 있었다.

옥연은 호천주에게 인사를 하기 위해서 방금 전에 원앙정 안으로 들어갔다.

원래 옥연이 직접 찾아가서 인사를 할 만한 손님은 손가락으로 꼽을 정도다.

호천주가 항주에 내려온 것은 공공연한 비밀이라서 알 만한 사람들은 다 알고 있다.

그런데 항주제일기루인 화봉각의 각주가 모르는 체 시치미 떼고 있으면 그것도 이상하게 보일 수 있다.

옥연은 용비가 호위무사로 변장해서 원앙정 입구에 버티고 있다는 사실을 모르고 있다.

또한 설마 그가 호천주를 죽이려고 하는 줄은 꿈에서도 예상하지 못하고 있다.

만약 알았다면 무슨 일이 있어도 만류했을 것이다. 이유는

단 하나, 용비가 호천주의 적수가 절대로 되지 못할 것이라고
생각하고, 그래서 화봉각에서 괜한 분란만 일으키게 될 것이
기 때문이다.

용비는 좌위 옆에 서서 원앙각 안에서 나누는 대화를 듣고
있었다.

옥연은 호천주에게 왕림해 주서서 영광이라며 입에 발린
인사를 하고는 이것저것 덕담을 나누고 있는 중이다.

대화를 들어보면 호천주는 별다른 목적 없이 순전히 기녀
들과 술을 마시기 위해서 화봉각에 온 듯했다.

호천주는 육령삼대의 추혼검대가 오늘 아침에 와관 조금
못 미치는 하류에서 단 한 명도 남김없이 몰살당했다는 사실
을 모르고 있는 것이 확실하다.

말 그대로 추혼검대가 몰살당했기 때문에 그 사실이 알려
질 리가 없다.

와관의 백성들은 완벽하게 여의신벌 사람이 되어 있는 상
태이고, 또한 소흥현의 거의 대부분의 백성들이 여의상운의
일을 하고 있다.

더구나 추혼검대가 몰살당한 것은 와관 근처이기 때문에
와관과 소흥현에서 말이 새어 나갈 일은 전혀 없다.

호천주는 추혼검대가 돌아오지 않고 있는 것은 아직까지
수색을 하고 있기 때문이라고 생각할 것이다.

항주에서 소흥현까지는 쉬지 않고 하루를 걸어야 갈 수 있는 거리고, 무림인이라면 한나절 이상은 걸린다.

그러므로 추혼검대가 오고가는 시간을 생각하면 늦어도 내일이나 되어야 그들이 돌아오지 않는 것을 의심하기 시작할 것이다.

용비는 호천주라는 자를 죽일 수 있을지 아직 확신이 서지 않은 상태다.

만절사신도의 절학을 모두 터득한 이후의 자신이 얼마나 고강해졌는지 확실하게 알지 못하는 반면에, 호천주가 얼마나 고강한지에 대해서도 미지수이기 때문이다.

다만 변천주 와룡후하고 싸워본 경험으로 비추어 어렴풋이 짐작 정도만 할 뿐이다.

용비는 와룡후의 십초지적, 아니, 편법을 쓰지 않고 제대로 싸웠다면 일 초식도 제대로 감당하지 못했을 것이다. 와룡후는 그 정도로 고강했었다.

그렇지만 그는 현재의 자신이 그 당시보다 최소한 두 배 이상 고강해졌다고 생각했다.

싸움이라는 것은, 그 당시에 용비가 와룡후에게 일초지적이었는데 지금은 두 배 고강해졌으니까 이초지적이 됐다는 단순한 산술적인 것이 아니다.

상대가 나보다 많이 약하면 일초지적도 못 되는 것이고, 조금 약하면 삼초지적이나 오초지적이다.

십초지적이 넘어가면 팽팽하다고 봐야 하고 삼초지적 아래면 하수다.

그렇게 봤을 때 용비는 자신이 지금 와룡후하고 싸우면 최소한 십초지적 이상은 될 것이라고 믿었다.

와룡후에게 일초지적도 못되는 상황에서 편법; 즉 삼원사공기와 임기응변으로 그를 죽였다(최소한 그는 와룡후를 죽였다고 믿고 있다). 그렇다면 그때보다 두 배 이상 고강해진 지금 편법을 가미하면 호천주를 죽일 수 있을 것이라고 예상하는 것이다.

물론 삼원사공기는 그의 고유한 무공이기 때문에 편법이라고 할 수 없다.

용비가 호천주를 죽이기로 결정한 것은 앞으로 이처럼 좋은 기회가 두 번 다시 없을 것이라고 생각하기 때문이다.

호천주는 기녀하고 술을 마시기 위해서 호젓하게 심복수하 둘만 데리고 화봉각에 왔다.

용비가 심복수하 둘만 은밀하게 제거하고 나면 호천주하고 일대일로 싸울 수 있다. 이런 기회가 언제 어디에서 생길 수 있겠는가.

호천주는 절대십천에서 항주로 내려보낸 세력의 우두머리다. 그러므로 그자만 죽이고 나면 나머지 육령삼대의 이대나 칠령오부를 전멸시키는 것은 어떻게 하든지 방법이 있을 것이라는 계산이다.

"호호호! 그럼 즐겁게 쉬세요!"

옥연의 요염한 웃음소리가 입구 쪽에 가까워졌다. 나오고 있는 것이다.

옥연의 눈부신 미모를 직접 본 호천주가 그녀를 술자리에 앉히려고 수작을 부리는 소리가 들려서 용비는 내심 조금쯤 염려했었다.

옥연이 안에 붙잡혀 있으면 호천주를 죽일 수 있는 기회가 그만큼 적어지기 때문이다.

입구를 가로막고 있는 좌위가 오른쪽으로 두 걸음 물러나자 옥연이 화사하게 미소 지으며 밖으로 나오고 군영이 뒤따라 나왔다.

그녀는 오른쪽을 쳐다보며 좌위에게 미소를 지었으나 그는 그녀를 쳐다보지도 않고 정면만 주시하고 있었다.

옥연은 다시 왼쪽을 쳐다보다가 호위무사 차림을 하고 우뚝 서 있는 용비를 발견하고는 눈이 동그랗게 커지며 놀라는 표정을 지었다.

[당신 여기에서 뭐하는 거예요?]

[호천주를 죽일 것이다. 너는 물러가서 대충 주변정리를 해 둬라.]

[······.]

옥연은 날카롭게 전음으로 물었다가 용비의 태연한 대답을 듣고는 아연실색해서 할 말을 잃고 말았다.

마침 군영도 용비를 발견하고 크게 놀라고 있었다. 그러나 옥연이나 군영 둘 다 입구에 계속 서 있을 수 없고, 용비를 다짜고짜 끌고 갈 수도 없는 노릇이다.

여기에서 자칫 실수라도 하는 날이면 호천주를 죽이는 것은 고사하고 좌위의 의심을 사서 옥연까지도 낭패를 당할 수가 있다.

옥연은 떨어지지 않는 걸음을 억지로 떼어 계단을 내려가면서 용비에게 전음을 보냈다.

[내가 요구했던 조건에 대해서 결정했어요?]

그런데 그녀는 용비더러 호천주를 죽이지 말라고 하는 것이 아니라 뜬금없이 자신이 용비의 아내가 되겠다고 했던 조건에 대해서 결정을 했느냐고 묻는 것이 아닌가.

지금 이런 상황에서 물을 말이 아닌 것 같은데 용비는 서슴없이 대답했다.

[받아들이겠다.]

옥연의 얼굴에 환한 미소가 피어올랐다. 그녀의 운명을 결정지을 중요한 결단이었던 터라 그녀도 내심 용비의 대답을 초조하게 기다리고 있었다. 어느덧 그녀는 계단을 다 내려가

운교를 향해 걸음을 옮겼다.

[제가 어떻게 하면 될까요?]

그녀가 자신이 제시한 조건의 가부(可否)에 대해서 먼저 물은 것은, 대답을 듣고 나서 용비가 호천주를 죽이려는 것을 도울 것인지 만류할 것인지를 결정하려는 것이었다.

영특하기 짝이 없으며 추호도 손해 보는 짓은 하지 않겠다는 속셈이다.

[내가 앞뒤의 호위고수 둘을 제거하고 나면 기녀들을 불러내라.]

호천주와 싸우는 과정에서 애꿎은 기녀들이 다치거나 죽을까 봐 그러는 것이다.

옥연은 뒤도 돌아보지 않고 하늘하늘 선녀처럼 운교 위를 걸어갔다.

[더 좋은 방법이 있어요.]

[무엇이냐?]

[호천주가 앉아 있는 원앙정은 전체가 강철 뇌옥이에요. 만일의 사태를 대비해서 만들어둔 거예요. 당신이 명령만 내리면 놈을 저 안에 가둬 버리겠어요.]

그녀의 목소리는 자신만만했다. 어떠냐? 내가 너보다 한 수 위다라는 의기양양함도 표출되었다.

용비는 잠서 어이없는 표정을 지었다가 이내 피식 실소를 흘렸다.

원앙정이 강철로 만든 뇌옥이라니, 그렇다면 옥연은 처음부터 호천주를 제압할 수도 있다는 가능성을 열어두고 그를 이곳으로 안내했던 것이다.

[한 뼘 두께의 강철 벽을 뚫고 탈출할 수 있는 고수는 천하에 아무도 없어요.]

저만치 운교 위를 걸어가고 있는 옥연의 뒷모습이 조금 전보다 더 우쭐거리는 것 같았다.

탐스러운 궁둥이가 좌우로 좀 더 심하게 씰룩거리는 것을 보면 알 수 있다.

용비는 두 번째로 어이없는 표정을 지었다가 조금 전하고 똑같이 피식 실소를 흘렸다.

[나중에 내가 뚫어 보여주마.]

뚝.

의기양양해서 궁둥이를 살랑살랑 흔들며 걸어가던 옥연이 걸음을 뚝 멈추었다.

뒤따라가던 군영이 제때 멈추지 못했으면 하마터면 그녀하고 부딪칠 뻔했다.

옥연은 고개를 돌려 용비를 보고 싶은 것을 꾹 눌러 참았다. 지금 그가 어떤 표정을 짓고 있는지, 그리고 그가 한 말의 의미가 궁금했다.

‘저 사람이 한 뼘 두께의 강철 벽을 뚫어 보이겠다고?

그녀는 초일류 수준인 자신이 가장 자신 있는 초식인 소림 사의 나한권을 전력으로 펼친다고 해도 한 치 두께의 강철 벽에 흐릿한 주먹자국을 간신히 찍을까 말까 하다는 것을 잘 알고 있다.

그러므로 절정고수라고 해도 두께 한 치의 강철 벽을 뚫지 못할 것이라고 생각한다. 초일류고수 한 수 위가 절정고수니까 당연한 일이다.

그렇다면 절정고수보다 한 수 위인 초절고수 정도 되면 한 치 두께의 강철 벽을 뚫을지도 모른다.

하지만 한 뼘 두께는 절대로 못 뚫는다. 한 치의 대여섯 배가 한 뼘이다.

또한 호천주는 초절고수가 아니다. 아니, 잘 모르지만 아닐 것이다. 그녀는 그렇게 알고 있다.

그런데 도대체 용비의 말은 무슨 뜻이라는 말인가. 호천주하고의 싸움이 끝난 후에 두께 한 뼘의 강철 벽을 자신이 직접 뚫어보겠다는 뜻이 분명하다.

고로, 그는 강철 벽을 뚫을 자신이 있으며 호천주를 죽일 수 있다는 뜻이다.

옥연은 몽연한 기분이 되어 다시 걸음을 옮겼다. 도저히 용비의 말이 이해가 되지 않았다. 그래서 뒤따르는 군영에게 전음을 보냈다.

[군영, 만약 초절고수 정도라면 한 뼘 두께의 강철 벽을 뚫을 수 있느냐?]

[아마도… 뚫을 수 있을 것이라 생각됩니다.]

[뭐어?]

옥연은 운교를 다 건넌 지점에서 두 번째로 걸음을 멈추었다가 군영을 뒤돌아보며 아예 대놓고 물었다.

[어떻게 한 뼘 두께의 강철 벽을 뚫을 수 있지?]

군영은 어색한 미소를 지었다.

[어떻게라니……. 그냥 초절고수 정도면 뚫을 수 있을 것이라고 생각해서 드린 말씀입니다.]

[그래?]

옥연은 자신이 뭔가 무공에 대해서 총체적으로 잘못 알고 있는 것이 아닌가 하는 생각이 들었다.

그것은 매우 중요한 일이다. 만약 잘못 알고 있다면 얼마나, 그리고 무엇을 잘못 알고 있는지 깨달아야만 한다.

[네 생각에 호천주가 초절고수냐?]

[그럴 겁니다.]

옥연은 너무 충격을 받아서 군영을 빤히 바라보며 딴 생각을 하고 있었다.

[계속 걸으십시오. 각주.]

군영이 주의를 주어서야 그녀는 깜짝 놀라 다시 걸음을 옮기기 시작했다.

[그럼 나는 어느 정도 수준이지?]

대화는 계속됐다.

옥연은 군영이 머뭇거리자 불안해졌다.

[솔직하게 말해라.]

[각주께선… 일류고수 수준입니다.]

옥연은 멍해졌다. 자신이 초일류고수가 아니라는 것이다. 군영이 거짓말을 할 리가 없다.

그의 눈은 정학하다. 단지 여태까지 그에게 이런 일을 물어본 적이 없었을 뿐이다. 물었다면 그는 지금처럼 솔직하게 대답했을 것이다.

'말도 안 돼……'

기가 막혔다. 그 중요한 것을 지금까지 착각하고 있었다는 사실이 너무 억울하고 자신이 바보천치 같았다.

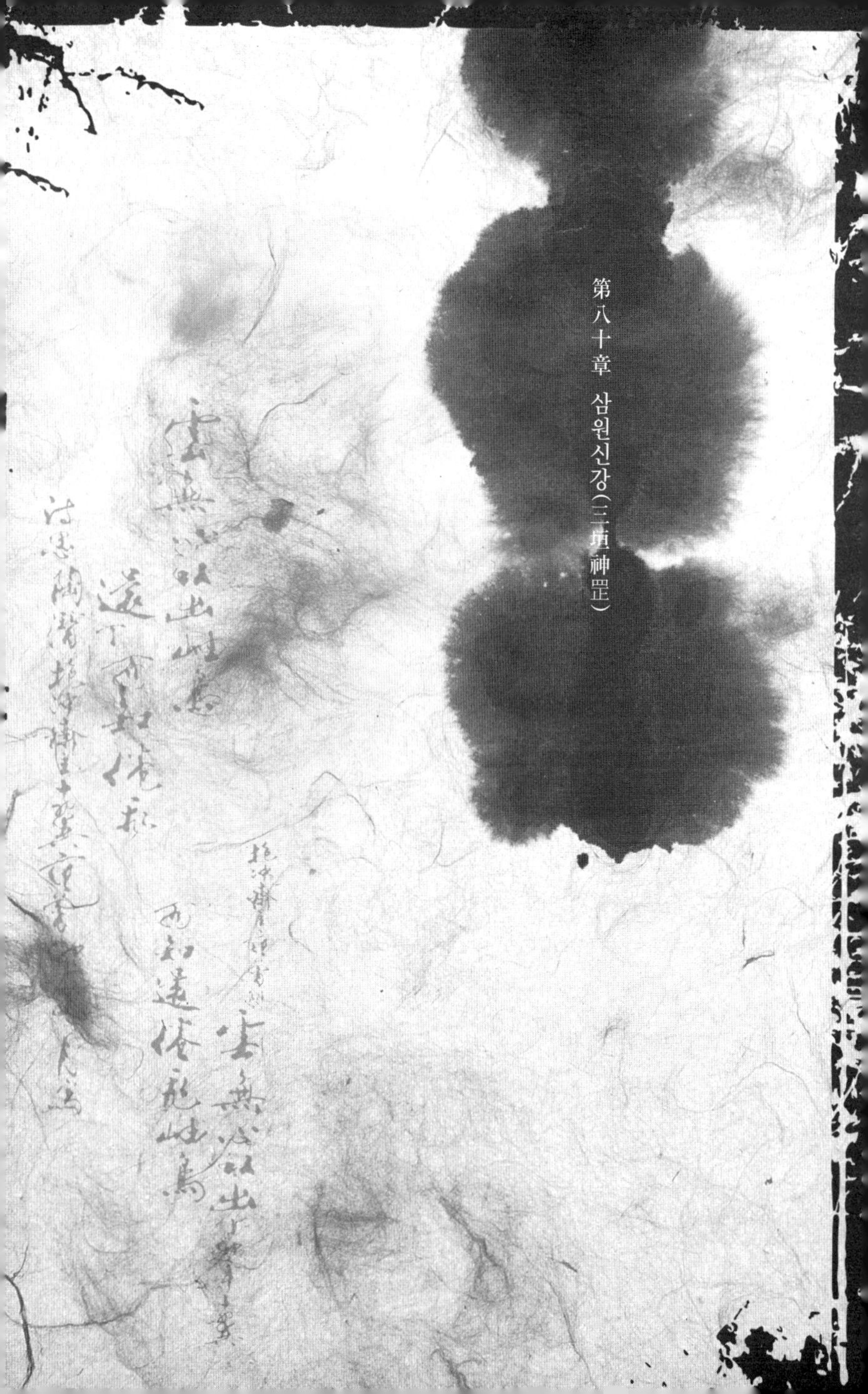

第八十章 삼원신강(三垣神罡)

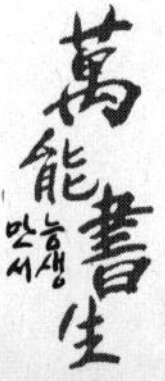

군영은 원앙정을 호위하고 있는 용비를 제외한 네 명의 호위무사에게 용비가 무슨 행동을 하더라도 제자리를 지키라고 전음으로 지시해두었다.

때는 어둠이 적당하게 내려앉은 해시(밤10시) 무렵. 용비는 이제 슬슬 행동을 개시할 때가 됐다고 생각했다.

원앙정 안에서는 호천주가 두 기녀를 희롱하면서 여유자적 술을 마시느라 정신이 없다. 뜻밖에도 그자는 꽤나 호색한인 것 같았다.

그는 오른쪽에 서 있는 좌위를 쳐다보았다. 그자는 옥연이 들어가고 나올 때를 제외하고는 지금까지 한 시진 동안 제자리에서 꼼짝도 하지 않았다.

좌위는 용비가 자신을 쳐다보고 있다는 것을 알고 있을 텐데도 용비에게 눈길 한 번 주지 않는다.

그 정도로 훈련이 잘 됐다는 것이고, 최소한 초일류급 이상의 고수라는 뜻이다.

그래도 상관없다. 이제 곧 용비 손에 죽게 될 자다. 관건은 어떻게 호천주 모르게 좌위를 죽이느냐는 것이다.

사람을 죽이면 그 과정에 어떤 소리라도 나게 마련이고 또한 비명 소리나 신음이 날 수밖에 없다.

입을 틀어막는다고 해도 소리를 완전히 감추지 못한다. 그리고 호천주 정도라면 그 소리를 충분히 감지하고도 남음이 있을 것이다.

용비는 미리 생각해 둔 것을 사용하기로 마음먹었다. 그것은 어떤 소리라도 완벽하게 차단하는 방법이다.

그는 현무공기를 일으키면서 좌위에게 다가갔다. 그러자 비로소 좌위가 고개만 돌려서 그를 쳐다보았다.

용비의 몸에서 아무런 소리도 나지 않고 현무공기가 흘러나와 그와 좌위 주위를 타원형으로 감쌌다. 하지만 좌위는 추호도 눈치채지 못했다.

현무공기는 극빙지기다. 즉, 타원형의 보이지 않는 투명한 얼음막이 용비와 좌위 둘레를 감싸서 완전히 외부하고 차단을 시켜 버린 것이다.

순간 용비를 쳐다보던 좌위가 가볍게 흠칫했다. 여태까지 들려오던 주위의 자연스러운 여러 소음들이 갑자기 뚝 끊어지고 먹먹한 고요가 찾아들었기 때문이다.

스우…….

그때 두 사람을 둘러싸고 있는 투명 얼음막의 좌위 뒤쪽에서 역시 투명한 그 무엇이 그의 뒤통수를 향해 은밀하고도 빠르게 쏘아갔다.

좌위는 그 사실을 전혀 눈치채지 못했다. 다만 지금의 이 갑작스런 고요가 용비하고 관계가 있을 것이라고 막연하게 생각했다.

만약 그가 자신을 향해 다가오지 않았다면 그를 의심하지도 않았을 것이다.

"너 무슨 짓을 한 것… 꺽!"

그는 용비에게 인상을 쓰면서 말하다가 갑자기 눈을 부릅뜨고 입을 크게 벌리면서 신음을 터뜨렸다.

쑤우…….

그의 벌린 입으로 창의 형상을 한 핏덩이가 튀어나왔다. 날카롭고 뾰족한 얼음조각이 그의 뒤통수를 찌르고 입으로 나온 것이다.

원래 투명한 모습이지만 피가 흠뻑 묻어서 형상을 갖추게 되었다.

용비는 현무공기를 거두고 앞으로 고꾸라지는 좌위를 잡아서 운교가 시작되는 곳 아래에 기대어놓았다.

화봉각의 호위무사들 중에 용비 혼자 입구를 지키고 있었기 때문에 네 명의 호위무사는 방금 벌어진 일을 전혀 알지 못했다.

슷…….

이어서 용비는 호비를 전개하여 수직으로 숏구쳐서 원앙정 지붕을 가볍게 날아 넘어 뒤쪽을 지키고 있는 우위의 머리를 향해 하강했다.

호비는 어떠한 기척도 흘리지 않는다. 설혹 호천주가 곁에 있다고 해도 감지하지 못했을 것이다.

용비는 꼿꼿하게 선 자세에서 하강하며 현무공기를 일으켜 아래로 뿜어냈다.

현무공기는 추호의 기척도 없이 하강하면서 투명한 얼음막으로 변하여 우위를 감쌌다.

갑자기 주위하고 차단된 우위는 뭔가 이상함을 느끼고 두리번거렸다.

순간 투명하고 날카로운 얼음조각이 그의 정수리를 순식간에 꿰뚫었다.

그는 온몸을 부르르 떨면서 신음을 흘렸으나 얼음막 밖으로 새어 나오지 않았다.

용비는 우위의 시체를 메고 다시 원앙정 지붕을 넘어 좌위의 시체가 있는 곳에 나란히 감췄다.

먼 곳에 있는 옥연과 군영은 용비가 좌위와 우위를 차례로 죽이는 것을 보고 경악을 금치 못했다.

두 사람은 원앙정의 측면을 한눈에 볼 수 있는 위치에 있기 때문에 용비가 좌위를 죽이고 나서 원앙정 지붕을 날아 넘어 다시 우위를 죽이는 광경을 똑똑히 목격했다.

그러면서도 용비가 도대체 무슨 수법으로 호천쌍위를 죽였는지 짐작조차 하지 못했다.

좌위는 용비가 앞에서 다가가고 있는 중에 갑자기 뒤통수를 뭔가에 찔려서 벌어진 입으로 흉기가 튀어나왔다. 어떻게 좌위가 용비를 향해 돌아서고 있는데 뒤통수를 찔렸는지는 실로 귀신이 곡할 노릇이다.

마치 좌위 뒤에서 보이지 않는 어떤 사람이 공격한 것 같은 광경이었다.

또한 용비가 좌위를 죽인 후 입구 쪽에서 솟구쳐서 원앙정을 날아 넘어 우위의 머리 위에서 하강하는 도중에 우위는 정수리에 뭔가를 찔려서 즉사했다.

용비는 우위를 공격하지도 않았으며 우뚝 선 자세로 우위 머리 위 반 장 거리에 있었다.

그것 역시 무슨 수법인지 옥연과 군영은 알지 못했다. 그냥 호천쌍위가 저절로 죽는 것처럼 보였다.

어떻게 죽였을까 추측해 봤으나 머리만 아플 뿐 비슷한 방법조차 생각나지 않았다.

더구나 용비가 호천쌍위를 죽이는 과정에서 필경 어떤 기척이 났을 테고, 그가 원앙정을 날아서 넘을 때도 파공음이 생겼을 텐데 어째서 호천주가 전혀 눈치를 채지 못하는 것인지 모를 일이다.

어쨌든 옥연은 용비가 요구한 대로 이제 원앙정 안에 있는 두 명의 기녀를 불러내야 한다.

잠시 후 옥연의 명령을 받은 화봉각 총관이 원앙정에 들어가서 두 기녀를 데리고 나왔다.

총관은 호천주에게 두 기녀가 그의 잠자리 시중을 들기 위해서 자리를 옮겨야 하고 그러기 위해서 잠시 치장을 해야 하며, 준비가 되면 부를 테니 호위무사를 따라오라며 양해를 구했다.

원앙정을 지키던 네 명의 호위무사는 총관과 두 기녀를 따라 물러갔다.

입구에 용비 혼자 서 있지만 안에 있는 호천주는 전혀 모르고 있다.

이제 준비가 되면 용비가 호천주를 모시러 온 호위무사인 척 하면서 그를 불러내기만 하면 된다.

저 멀리 어느 전각 삼 층 창 안쪽에 서 있는 옥연이 오른손을 들어 용비에게 시작해도 된다는 신호를 보냈다.

그러면서 그녀는 꼭 이기라는 뜻으로 두 손을 마주잡고 흔들어 보였다.

이상한 일이다. 조금 전까지만 해도 용비에게 느끼지 못했던 감정이 생겼다.

아마도 이제 그녀와 용비가 부부가 될 것이라는 사실 때문인 듯했다.

남남이 아닌 것이다. 그래서 그녀는 마치 아내가 남편을 걱정하는 듯한 묘한 기분이 들었다.

애정 따위는 눈곱만큼도 없이 단지 정략적으로 그와 부부가 되려는 것인데 어째서 이런 기분이 드는 것인지 알다가도 모를 일이다.

그녀는 원래 애정이나 남자에는 관심이 없었다. 그녀의 목적은 오로지 천하제일부호가 되는 것이다.

용비는 원앙정 안에서 싸울 것인가 아니면 호천주를 밖으로 끌어낼 것인지 아주 잠깐 고민했으나 밖에서 싸우는 것으로 결정했다.

호천주보다 무위가 월등하다고 확신한다면 밀폐된 장소라고 해도 별 상관이 없다.

그러나 용비 자신이 조금 열세일 것으로 추측하기 때문에 아무래도 넓은 장소가 좋겠다고 생각했다.

그는 한 차례 심호흡을 하고 나서 추호의 망설임도 없이 원앙정 문을 열고 들어섰다.

이중문이라서 안쪽에 문이 하나 더 있었다. 그는 문 밖에서 최대한 정중하게 말했다.

"모시러 왔습니다."

아무 대답도 들리지 않았으나 잠시 후에 한 사람이 문을 열고 나왔다.

용비는 밖에서 들었을 때 호천주가 두 기녀와 술을 많이 마신 것으로 알고 있다.

그런데 걸어 나오고 있는 황의장포를 입은 사십대 중반의 인물은 의외로 말짱했으며 걸음걸이도 반듯하여 조금의 흐트러짐도 없었다.

하지만 용비는 그에게서 술 냄새가 확 풍기는 것을 느꼈다. 그로 미루어 취기를 내공으로 발산하지 않았는데도 술이 매우 세다는 것을 알 수 있었다.

호천주는 매우 큰 체구에 키도 커서 용비와 키가 맞먹었고 체구는 훨씬 더 우람했다.

곰의 어깨와 호랑이의 팔처럼 단단한 근육질이며 짧고 검은 수염을 길렀고 뜻밖에도 잔잔한 눈빛을 지녔다. 한마디로 패도적인 호걸의 모습이었다. 그의 잔잔한 눈빛은 그가 절정고수라서 내공을 안으로 갈무리하는 경지에 이르렀기 때문일 것이다.

호천주가 스쳐 지나가자 그에게서 술 냄새와 더불어 기녀들의 지분(脂粉)과 사향 냄새가 확 풍겼다.

그로 미루어 그는 기녀들을 끌어안고 분탕한 짓을 한 것이 분명했다.

하긴 먼 객지에 나와 있는 사내가, 그것도 호천주 같은 호걸풍이 여자를 가까이하는 것은 흔한 일이다.

호천주가 앞서서 원앙정을 나서고 용비가 뒤따랐다. 호천주는 계단을 내려가 곧장 운교를 성큼성큼 걸어가다가 뚝 멈추고 뒤돌아섰다.

그는 자신의 다섯 걸음 앞에 서 있는 호위무사 차림의 용비를 보며 턱을 쓰다듬었다.

"흠, 너는 내게 볼일이 있느냐?"

그는 자신의 심복수하인 호천쌍위가 보이지 않자 한순간에 모든 것을 간파했다.

자신을 본채와 뚝 떨어진 별채로 안내한 것과 중간에 기녀들을 불러낸 것, 호천쌍위가 보이지 않는 것들이 모두 지금

눈앞에 서 있는 호위무사 차림의 청년이 꾸민 짓이라고 짐작
한 것이다.

절대십천의 천주 정도 되면 비상한 두뇌의 소유자다. 무위
든 두뇌든 천주의 지위에 걸맞은 능력을 지녔을 터이다.

용비는 고개를 가볍게 끄떡였다.

"네가 호천주라면 볼일이 있는 것이 맞다."

두 사람의 대화는 멀리 있는 옥연과 군영에게까지 똑똑하
게 들렸다.

호천주는 느긋하게 대답했다.

"네 말대로 내가 호천주다. 무슨 볼일이냐?"

그는 호천쌍위가 보이지 않는 것에 대해서는 전혀 신경을
쓰지 않았다.

또한 이곳에 천라지망이 쳐져 있을 수도 있는데 그것에 대
해서도 염려하지 않았다. 그런 당당함은 오로지 강자만이 지
닐 수 있는 여유다.

용비는 호천주를 주시하며 조용히 말했다.

"너를 죽여야겠다."

마을의 미친개 한 마리를 죽이는 것처럼 아주 평범하게 말
했다.

"호오…… 그렇다면 최소한 자신이 누군지 정도는 밝히는
것이 예의가 아니겠느냐?"

"용비라고 한다."

지금껏 태연함을 유지하던 호천주가 처음으로 가볍게 표정이 변했다.

그렇지만 놀란 것이 아니라 그저 뜻밖이라는 듯한 표정일 뿐이다.

그리고 그는 곧 기쁜 표정을 지었다. 절대십천이 그토록 혈안이 돼서 찾고 있는 만능서생 용비가 제 발로 눈앞에 나타났으니 어찌 기쁘지 않겠는가.

절대십천의 천주들과 그 아래 육령삼대의 대주나 칠령오부의 부주들마저도 만능서생을 찾으려고 눈을 붉히고 있는 데에는 그만한 이유가 있다.

만능서생이 만절사신도를 지니고 있다고 믿기 때문이다. 그것을 얻을 수만 있다면, 아니, 그중 하나라도 얻는다면 고금제일고수까지는 아니더라도 최소한 당금 무림 최고수는 될 수 있을 것이기 때문이다.

그러므로 호천주라고 해서 예외는 아니다. 만절사신도를 수중에 넣기만 하면 태천주 아니라 염라대왕이라고 해도 무서울 것이 없지 않은가.

"네가 만능서생이라는 말이냐?"

호천주는 솟구치는 긴장과 기쁨을 억누르며 당연한 첫 질문을 했다.

“그렇다.”

일이 잘 풀리려니까 자기가 만능서생이라고 순순히 대답해 주는 기특한 녀석이다.

여기에서 멈출 호천주가 아니다. 상대가 대답을 잘해주니까 욕심이 조금 더 생겼다.

“만절사신도를 갖고 있느냐?”

“없다.”

호천주는 크게 실망하는 표정을 지었다. 용비가 순순히 대답을 잘 해주니까 만절사신도가 없다는 말마저도 사실일 것이라고 믿었다.

“너는 원래 만절사신도를 갖고 있지 않았느냐?”

용비의 친절함은 거기까지다.

“너는 나와 싸우는 것이 겁나느냐? 왜 이렇게 말이 많은 것이냐?”

“…….”

“그렇다면 스스로 목숨을 끊을 기회를 줄 테니 자결을 하도록 해라.”

만절사신도를 손에 넣을 기대에 부풀어 있던 호천주는 기가 막힌다는 표정을 지었다.

용비는 절대십천이 만절사신도 때문에 자신과 주위사람들을 핍박하는 것에 넌더리가 난 상태다.

그러므로 만절사신도에 군침을 흘리고 있는 호천주에게
말이 곱게 나갈 리가 없다.

"살아생전에 사람들에게 온갖 악행만 저지른 절대십천의
개였다는 점을 감안해서 너의 시체는 갈가리 찢어서 들개 밥
으로 주겠다."

호천주는 지금까지 살아오면서 누군가 자신에게 이처럼
지독한 말을 하는 것을 처음 듣기 때문에 이럴 때는 어떤 감
정 상태가 돼야 하는지 알지 못해서 어이없는 표정만 짓고 있
을 뿐이다.

옥연과 군영은 만면에 놀라는 표정을 가득 떠올렸다. 두 사
람이 보기에 용비는 제정신이 아닌 것 같았다.

하지만 옥연은 한편으로 걱정을 하면서도 용비가 호천주
에게 시원하게 퍼붓는 것이 속이 다 후련해졌다.

그렇지만 후련함은 잠깐이고 그 직후에는 와락 걱정이 밀
려들었다.

용비가 도대체 어쩌자고 호천주 면전에서 저런 객기를 부
리는 것인지 알 수가 없었다.

그녀는 용비가 호천주에 비해서 형편없이 하수라고 생각
하기 때문에 이제 곧 닥칠 일이 눈앞에 선했다. 그러나 그녀
로서는 용비를 도와줄 아무런 방법이 없다.

"이놈!"

쿠와왓―!

그녀가 걱정했던 것처럼 호천주는 대노했다. 그리고 분노에 찬 외침보다 그의 오른손에서 한줄기 일진광풍이 조금 더 빠르게 쏟아져 나갔다.

"아앗!"

옥연은 부지중 뾰족한 비명을 질렀다. 그녀는 호천주가 내지르는 고함을 듣는 것과 동시에 한줄기 광풍이 용비의 전면반 장에서 쇄도하고 있는 광경을 목격했다.

호천주의 일 장은 그저 투명했지만 가만히 있는 주위 경물을 흐릿하게 만들면서 쏘아가고 있기 때문에 육안으로 볼 수가 있다.

그것은 마치 투명하게 맑은 물이 흐르는 것을 눈으로 볼 수 있는 이치하고 비슷했다.

옥연은 물론이고 싸움 경험이 많은 군영마저도 용비가 저 일장을 절대로 피하지 못할 것이라고 생각했다. 호천주의 급습과 장력의 속도는 그 정도로 빨랐다.

용비는 이미 바짝 경계하고 있었으나 호천주의 호통과 함께 거센 경기가 코앞까지 쇄도하자 그 엄청난 속도에 흠칫했다. 그리고 찰나지간 고민했다.

장력이 너무 빨라서 지금 피하더라도 몸의 일부분에 스치거나 적중될 수도 있다.

그래서 피하지 않는 쪽으로 결정했다. 대신 미리 끌어올리고 있던 삼원신강(三垣神罡)의 태미신강(太微神罡)으로 호신막을 일으켜서 몸을 보호했다.

꽝―

"흑!"

그 순간 무지막지한 충격이 용비의 가슴과 복부에 가해지며 그는 신음과 함께 화살처럼 뒤로 퉁겨져 날아갔다.

퍼퍼퍽!

그는 일직선을 그리며 원앙정에 부딪쳤다가 그대로 뚫고 뒤로 빠져나왔다.

태미신강 호신막이 아니었으면 그의 몸은 아예 으깨어졌을 것이 분명하다.

호신막을 펼쳤는데도 불구하고 마치 굵직한 물체가 가슴과 복부를 관통한 듯한 극심한 고통을 느꼈다.

뿐만 아니라 순간적으로 정신을 차리지 못하고 머리가 몽롱해졌다.

그는 변천주 와룡후하고도 싸워보고 또 그의 장력에 적중되기도 했으나 이 정도는 아니었다. 와룡후와 호천주는 아예 차원이 달랐다.

둘이 싸우면 와룡후는 호천주의 삼 초식도 견뎌내지 못할 것 같았다.

와룡후의 일장이 쇠망치였다면 호천주의 것은 거대한 바윗덩이 같았다.

용비가 원앙정 한복판을 뚫고 뒤쪽으로 쏘아가는 속도는 화살보다 빨랐다.

그러나 호천주가 원앙정 지붕 위를 날아 넘어서 그에게 내려꽂히는 속도는 더 빨랐다.

용비가 미처 정신을 차리지 못하고 누운 자세로 날아가고 있을 때 위에서 호천주가 머리를 아래로 한 자세를 하고 빛처럼 쏘아내리며 재차 일장을 발출했다.

콰우웃!

호천주는 자신의 일장에 용비가 고스란히 적중됐는데도 섣불리 그를 제압하려 들지 않고 연이어서 두 번째 공격을 시도했다.

그 정도로 용의주도하다는 것이다. 상대가 만절사신도를 갖고 있었거나 만절기황의 제자라면 절대로 만만하게 봐서는 안 된다는 사실을 알고 있기 때문이다.

용비는 호천주를 얕보지 않았으나 방심하고 있었다. 아니, 경계를 늦추지 않았지만 호천주의 공격이 예상외로 빠르고 강력했다.

그러나 그는 한 차례 일장을 적중당하고서 하나의 소득을 얻었다.

호천주가 예상했던 것만큼 고강하지 않다는 사실이다. 그래서 한번 해볼 만하다는 자신감이 생겼다.

그렇다고 해도 두 번째 장력은 어쩔 수 없이 적중당할 수밖에 없는 상황이다.

첫 번째 장력의 강력한 영향력이 아직 끝나지 않은 상태라서 용비가 능동적으로 대처하기는 불가능했다.

다만 공력을 운용하는 면에서는 처음보다 상당히 여유가 생겼다는 사실이 다행이었다.

그는 처음보다 더욱 강력한 태미신강의 호신막을 몸의 앞면으로 밀어 올렸다.

예전에 사부 만절기황은 삼원심법에는 삼강과 사공이 있다고 말했었다.

"현재 너는 사공을 사용할 수 있는 수준이므로 삼원심공(三垣心功)이라고 할 수 있다. 장차 삼강을 생성하여 사용하게 되면 삼원신강(三垣神罡)이라고 부른다."

용비는 삼원신강을 터득하는 일이 요원할 줄 알았었는데 만절사신도를 다 배우고 나니까 자연스럽게 삼원신강이 체내에 축적되어 있었다.

삼원신강은 현무공기가 발전된 태미신강과 주작공기가 자

미신강(紫微神罡)으로, 청룡공기가 천시신강(天市神罡)으로
완성되었다.

꽝!

호천주의 두 번째 장력이 용비의 몸 전면부에 적중되면서
터진 폭음은 첫 번째보다 더 컸다. 순간 그의 몸은 쏜살같이
땅으로 쏘아갔다.

하지만 충격은 훨씬 덜했다. 장력이 그의 몸에 직접 적중된
것이 아니라 몸에서 한 뼘 위에 쳐놓은 호신막에 적중됐기 때
문이다.

그러나 위에서 내려다보는 호천주의 눈에는 정통으로 적
중된 것처럼 보였다.

퍽!

용비는 인공호수 가까운 곳 단단한 돌바닥에 등을 거세게
부딪쳤다가 허공으로 일 장이나 튕겨 올랐다.

워낙 강력하게 부딪쳤기 때문이기도 했지만 그가 의도적
으로 조금 더 튀어 오르게 한 것이다.

호천주는 허공에서 빙글 회전하여 우뚝 선 자세를 취하는
데 마침 용비의 몸이 누운 자세로 튕겨 오르자 손을 뻗어 그
의 목을 움켜잡으려 했다.

동작을 취하면서 그는 전혀 조심하지 않았다. 이제는 맨손
으로 그를 잡아도 안심할 수 있다고 판단했다.

사실 그는 처음 일장만으로도 용비를 무력하게 만들었을 것이라고 믿었다.

그런데도 두 번째 장력까지 발출한 것은 만일의 경우를 대비했던 것이다.

그의 일장은 옥연이 그토록 자랑하는 한 뼘 두께의 강철 벽을 종잇장처럼 찢어발길 수 있는 위력이 실려 있었다.

옥연은 그 광경을 보면서 눈을 더할 수 없이 크게 뜨고 대경실색의 표정을 지었다.

그녀의 천룡이 되어줄 용비가 저토록 허무하게 당할 것이라고는 예상하지 않았었다.

용비가 호천주의 상대는 되지 못하더라도 그가 하도 자신만만하기에 무언가 달리 방법이 있을 줄 알았었다. 그런데 저 지경이 돼버린 것이다.

옥연은 너무 허망했다. 눈앞에 보고 있는 저 광경이 차라리 꿈이기를 바랐다.

용비에게 애정도 뭣도 없는 상태이기 때문에 그 광경을 보고 있으면서도 그저 허망할 뿐이다.

호천주가 용비의 목을 잡으려고 오른손을 뻗고 있는데 누운 자세였던 용비의 상체가 비스듬히 위로 들려졌다.

튀어 오르면서 자연스럽게 그리 되는 것처럼 보였으므로 호천주는 용비에게 무슨 의도가 있을 것이라고는 전혀 의심하지 않았다.

그런데 용비가 맑은 눈으로 호천주를 쳐다보면서 입가에 흐릿한 미소를 머금고 있는 것이 아닌가.

순간 호천주는 뭔가 잘못됐다는 불길한 예감이 들었다. 자신의 강력한 장력을 두 차례나 정통으로 적중당한 상태라면 이미 혼절했어야 마땅한데 용비가 미소를 짓고 있을 리가 없기 때문이다.

스으…….

그런데 용비의 손이 번개같이 아래에서 위로 쏘아 오르며 호천주의 손목을 가볍게 거머잡았다.

우두둑…….

호천주가 움찔하는 순간 용비가 슬쩍 잡아당기자 호천주의 팔이 어깨에서 뿌리째 뽑혀 나갔다.

너무도 순식간에, 그리고 졸지에 벌어진 일이라서 호천주로서도 대처할 방법이 없었다.

"흐어……."

그가 놀랄 새도 없이 이번에는 용비의 발끝이 호천주의 왼발 정강이를 가볍게 툭 걸어찼다.

비록 가볍게 찼으나 호투신박의 초식으로 발끝에 천시신강을 약간 주입했다.

딱… 뻑!

“크으…….”

호천주의 발이 허벅지에서 뽑혀 나가 뒤로 반 바퀴 돌더니 발뒤꿈치로 자신의 뒤통수를 후려쳤다.

이미 우뚝 선 자세가 된 용비는 마지막으로 호천주를 향해 오른팔을 번뜩였다.

사아…….

이미 팔 하나와 다리 하나가 완전히 절단 나버린 데다 자신의 발뒤꿈치로 뒤통수까지 얻어터진 호천주는 아닌 밤중에 날벼락을 맞은 듯한 상태에서 자세가 완전히 무너졌다. 아니, 공황상태가 돼버렸다.

그 순간 용비의 오른팔에서 뻗어 나간 사신검은 정확하게 호천주의 목을 잘랐다.

“저, 저거…….”

혼비백산한 옥연은 눈을 부릅뜨고 용비를 가리키며 말을 잇지 못했다.

“내…… 가 뭘 잘못 본 거야?”

그녀가 원앙정 뒤쪽에서 시선을 떼지 못하고 더듬거리는데 목소리가 가늘게 떨렸다.

군영이 넋 나간 얼굴로 중얼거렸다.

“각주께서 잘못 보셨다면 속하도 잘못 봤을 것입니다만 그럴 리가 없습니다……."

두 사람 다 같은 광경을 보고 있었기 때문에 잘못 봤을 리는 없다.

"어… 떻게 된 거지?"

옥연은 자기 눈으로 똑똑히 봤으면서도 확인하려고 군영에게 물었다.

군영은 더듬거렸다.

"용 공자가 호천주의 오른팔을 뽑았고 동시에 왼발을 차서 그 다리가 부러져서… 뒤통수를… 그러니까……."

군영은 워낙 찰나지간에 일어난 일인데다 자신의 발로 자신의 뒤통수를 갈기는 해괴한 일이라서 눈으로 보고서도 잘 믿어지지 않아 설명하기가 난감했다.

옥연은 반색했다.

"그렇지? 그게 맞지?"

어쨌든 그녀는 알아들었다. 자신이 본 것과 군영이 본 것이 일치하기 때문이다.

쿵! 툭…….

호천주의 몸이 바닥에 둔탁하게 떨어지고 나서 사신검에 잘라진 머리가 목에서 분리되어 떨어져 나가 데구르르 몇 바퀴 굴렀다.

스으…….

용비는 그 옆에 사뿐히 내려서며 손에 쥐고 있던 호천주의 팔을 바닥에 툭 던졌다.

그의 입가에서는 두 번의 장력에 적중당한 것 때문에 한줄기 핏물이 흘러내렸다.

다친 곳은 그게 전부다. 두 차례 장력을 적중당해서 속이 약간 울렁거렸으나 심각한 것은 아니었다. 태미신강 호신막이 제대로 위력을 발휘했다.

그는 담담한 표정으로 물끄러미 호천주를 굽어보았다. 호천주의 거울 면처럼 깨끗하게 잘려진 목에서는 한 방울의 피도 흐르지 않았다. 사신검에서 천시신강이 뿜어져 나갔기 때문이다.

그는 이제야 자신의 무공 수준을 조금쯤 알 것 같아서 자신감이 생겼다.

호천주하고 일대일 정식으로 붙었으면 막상막하를 이루었을 것이라는 생각이 들었다.

이번 싸움에서도 그는 자신이 약간의 편법을 사용했다고 생각했다.

하지만 그는 아직 잘 모른다. 원래 정정당당한 싸움이란 것은 존재하지 않는다는 사실을.

야비하거나 교활하게 싸우는 자도 있으며, 독약이나 사술을 사용하는 자도 있다.

그렇게 싸우는 자들을 정정당당하지 않다고 하는 것이지 용비는 정정당당한 축에 속한다.

"용 공자!"

옥연과 군영이 한달음에 달려왔다. 옥연은 금방에라도 울 것 같은 얼굴로 용비를 불렀다.

두 사람은 용비 좌우에 서서 죽어 있는 호천주를 보면서 이것이 꿈이 아니라 현실이라고 자신들에게 거듭 강조하고 있었다.

그렇지만 참혹하게 죽어 있는 호천주와 용비를 아무리 번갈아 쳐다보아도 이것이 현실이라고 믿어지지가 않았다. 용비가 호천주를 죽일 수 있을 리가 없기 때문이다.

"어… 어떻게 이럴 수 있죠?"

옥연은 용비 옆에 서서 안색이 하얗게 질린 얼굴로 그를 보며 물었다.

용비는 눈으로 보고서도 믿지 못하는 그녀에게 일일이 설명해 주는 것이 귀찮아서 간단하게 대답했다.

"만절사신도를 다 배웠다."

그 한마디면 모든 것이 다 설명되었다.

第八十一章 두 여자의 순결을

용비는 호천주의 시신을 갈가리 찢어서 들개에게 먹이겠다고 그에게 말했으나 그렇게 하지 않았다.

그는 문득 생각난 것이 있어서 호천주의 시신을 상하지 않게 잘 보관하라고 옥연에게 일렀다.

용비는 옥연의 거처 천봉루 그녀의 방에서 한동안 아무 말도 하지 않고 깊은 생각에 잠겼다.

옥연은 군영에게 뭔가 지시를 내리고 물러가게 한 후에 용비 맞은편에 앉아서 그를 말끄러미 바라보았다.

조금 전에 용비는 호천주의 시체 앞에서 자신이 만절사신도를 다 배웠다고 말했었다. 그 말은 그가 제이의 만절기황이 됐다는 뜻이다. 그렇다면 그가 호천주를 죽인 것은 그다지 놀랄 일이 아니다.

또한 그 사실은 용비가 호천주를 죽인 것보다 몇 배나 더 옥연을 경악하게 만들었다.

그녀는 일찍부터 용비가 숨죽이고 있는 잠룡이라는 사실을 알아보았었다.

그래서 손해인 줄 알면서도 그에게 물심양면 지원을 아끼지 않았었다.

그리고 그녀의 눈에도 용비가 오랜 잠에서 깨어나 점점 천룡으로 변모해 가는 모습이 보였다.

그녀가 봤을 때 그는 하루가 다를 만큼 빠르게 변신을 거듭하고 있었다.

최소한 몇 년 안에는 그가 천룡이 되어 마침내 창공을 훌훌 비상하며 천하를 호령할 것이라고 내다보았다.

그래서 그가 여의신벌이라는 세력을 조직하는 데에도 아낌없이 지원을 했었다.

사실은 용비가 이번의 거래를 제시하지 않았더라도 옥연은 얼마든지 그를 지원할 계획이었다.

창승부기미치천리(蒼蠅附驥尾致千里). 쉬파리 혼자서는 먼 길을 갈 수가 없지만, 천리마 꼬리에 붙으면 천릿길도 쉽게

갈 수가 있다.

그녀는 자신이 쉬파리라고까지는 비하하지 않지만, 용비가 천리마보다 백 배 훌륭한 천룡이라는 사실을 믿어 의심하지 않았다.

오래전 기녀였을 때 그녀는 참새였다. 그리고 이제는 공작(孔雀)이 되었으며, 마침내 천룡을 타고 봉황이 될 때가 도래한 것이다.

"각주."

그때 용비가 꽤 오랜 생각 끝에 가라앉은 나직한 목소리로 옥연을 불렀다.

"이름을 부르세요. 연아라고,"

"음. 연아."

용비는 사양하지 않았다. 어차피 그녀를 아내로 맞이하겠다고 결정을 내린 상태다.

"말씀하세요."

그녀는 두 손을 탁자에 올리고 상체를 앞으로 기울이면서 방그레 미소 지었다.

이제부터는 그를 좋아하도록, 아니, 사랑하려고 노력해야 한다고 그녀는 생각했다.

용비는 천하의 어떤 여자가 보더라도 사랑하지 않고는 견디지 못하는 완벽한 사내다.

하지만 가난 때문에 기녀가 된 이후 사내에 대해서 병적일 정도로 증오심을 갖고 있는 옥연에겐 용비마저도 천하의 뭇 사내들과 같을 뿐이다.

그러므로 용비를 사랑하기로 결심했다는 것 자체가 그녀에겐 커다란 변화다.

함께 천하를 경영할 것이라면 거짓 부부보다는 기왕지사 서로 사랑하는 사이가 좋을 것이기 때문이다.

그녀는 용비가 자신을 사랑하게 만들 자신이 있다. 그러나 문제는 자기가 그를 사랑할 수 있느냐는 것이다.

"이 기회에 항주에 있는 절대십천 놈들을 모조리 쓸어버려야겠다."

용비 입에서 난데없이 흘러나온 말은 옥연을 화들짝 놀라게 만들었다.

"무리예요."

그녀는 단언하듯 잘라 말했다.

"항주, 아니, 절강성에서 칼을 쥐고 다니는 자들은 모두 절대십천에 충성하고 있어요. 당신이, 아니, 여의신벌이 그들 모두를 상대하겠다는 것은 말도 안 돼요."

그녀는 고개를 살래살래 가로저었다. '설사 당신이 만절기황의 제자라고 해도 말이에요' 라는 말은 하지 않았다.

"그 수는 수만, 아니, 수십만 명에 달해요. 그들을 모두 죽이는 것은 절대 무리예요."

"내가 방금 한 말을 잊었느냐?"

"무슨……."

용비는 여전히 조용한 어조로 말했다.

"절대십천 놈들을 쓸어버리겠다고 했다."

"아…… 그러니까……."

절대십천에게 충성을 맹세한 절강성 전체 무림인이나 방, 문파들이 아니라 절대십천에서 파견한 고수들만 죽이겠다는 뜻이었다.

그래도 옥연의 표정은 변하지 않았다.

"절강선 전체를 상대하는 것보다는 덜하지만 그것 역시 불가능에 가까워요."

용비는 그녀하고 입씨름하고 싶지 않았다.

"네가 해줘야 할 일이 있다."

옥연은 그가 슬쩍 말을 바꾸는 것을 알았으나 내색하지 않았다.

"뭔가요?"

"현재 항주 성내에 들어와 있는 절대십천 놈들에 대해서, 그리고 놈들에게 충성하고 있는 항주사세와 그 밖의 방파와 문파에 대해서 자세하게 조사해 다오."

"조사할 필요 없어요."

옥연은 부러지듯 말했다.

"이미 다 알고 있어요. 뭐가 필요한지 구체적으로 말해주면 알려줄 게요."

용비는 언젠가는 넘어야 할 산이라면 미룰 것 없이 오늘 넘어야겠다고 생각했다.

넘어야 하는 것이 산이 아니라 옥연의 물오른 농염한 육체라는 점이 달랐다.

그래도 용비를 위안하는 것이 하나 있었다. 옥연이 원래 기녀 출신이라서 많은 사내들과 정사를 했을 테니까 그녀와 동침을 해도 별달리 죄의식이나 책임감 같은 것을 느끼지 않아도 된다는 사실이다.

그가 예상했던 것 이상으로 옥연은 과연 모든 점에서 능숙했다.

그녀의 호화로운 방에서 연회가 베풀어졌다. 손님은 용비와 그 옆에 앉은 옥연뿐인데도 탁자는 열 명이 둘러앉아도 남을 만큼 컸다.

뿐인가. 차려진 산해진미는 스무 명이 배불리 먹고도 남을 정도였으며, 왕후장상조차도 구경하기 어려운 진귀한 요리와 술이 그득했다.

탁자 너머에서 반라의 아름다운 무희들이 하늘하늘 춤을

추었고, 한쪽에는 악사들이 감미로운 음악을 연주했다.

또한 용비 옆에는 옥연만이 아니라 현재 화봉각 제일 기녀로 이름을 날리고 있는 아가(雅嘉)라는 기녀가 그에게 찰싹 달라붙어 앉아서 시중을 들고 있다.

아가는 십칠 세의 어린 나이며 시서가무 모두에 능통하고 특히 연주와 노래를 잘했다.

그녀는 직접 여러 악기로 연주를 하면서 천상의 목소리로 노래도 불러 분위기를 고조시켰으며 용비도 흐뭇한 표정으로 마음에 들어 하는 것 같았다.

옥연은 용비의 잔에 술을 따르면서 고혹적인 미소를 지으며 아가를 가리켰다.

"이 아이는 화봉각 최고의 동기(童妓)에요."

그녀는 의미심장한 미소를 지었다.

"이 아이가 오늘 밤에 당신을 모실 텐데 괜찮겠어요?"

용비는 술을 마시고 나서 태연하게 물었다.

"너는?"

"물론 저도 당신을 모실 거예요."

"왜 그러는 것이냐?"

"흥을 돋우기 위해서지요."

옥연은 당연하다는 듯 대답했다.

용비는 지금까지 기루에서 술을 마셔본 적이 없다. 물론 기녀와 자본 적도 없다.

그러므로 기루의 생리에 대해서는 전혀 알지 못한다. 그래서 혹시 기루에서는 이런 일이 흔한 것일지도 모른다는 생각이 들었다.

사실 기루에서는 한 명의 귀빈을 여러 기녀가 모셔서 놀고 또 잠자리도 함께하는 일이 다반사다.

또한 옥연은 남자가 여러 여자하고 잠자리를 하는 것에 대해서 관대한 편이다.

설혹 용비가 자신의 남편이 된다고 해도 그런 생각에는 변함이 없다.

아니, 외려 그런 것은 아무런 문제가 되지 않는다고 생각하고 있다.

아마도 어린 나이에 기루에 들어와서 생활하다 보니까 눈으로 봐온 것들이 그런 것들뿐이라서 당연하게 생각하는 것 같았다.

더구나 그녀에겐 아가를 이끌고 침상으로 들어가려고 하는 다른 이유가 있었다.

사실 옥연은 아직도 순결한 몸을 유지하고 있었다. 그녀는 시서가무가 워낙 뛰어났었기 때문에 그런 기예만으로도 충분히 손님들을 즐겁게 만들 수가 있었다.

또한 그녀가 몸담고 있던 기루의 주인은 그녀가 순결을 잃을 경우 상품가치가 급속히 떨어지기 때문에 손님의 잠자리 시중은 절대로 들지 못하게 했었다.

남자들에게는 이미 오른 산봉우리나 꺾어버린 꽃은 거들 떠보지 않는 나쁜 습성이 있다.

기루 주인은 그것을 잘 알고 있었기에 옥연을 위해서가 아니라 장사를 위해서 그녀를 아꼈었던 것인데, 그것이 결론적으로 그녀로 하여금 순결을 지킬 수 있게 해주었다.

그녀의 기녀 생활은 그다지 길지 않았었다. 어느 정도의 돈이 모이자 독립하여 즉시 기루를 차렸으며 그때부터 승승장구하여 오늘날에 이르게 되었던 것이다.

어쨌든 한 번도 남자와 잠자리를 해보지 않았던 그녀는 순결을 잃는 것에 대해서 일말의 두려움을 갖고 있었다.

뿐만 아니라 용비가 그녀에 대해서 여자로서 만족을 하지 못하면 어쩌나 하고 걱정을 하고 있다.

그래서 아가를 방패막이로 삼는 영악한 수법을 사용하려는 것이다.

아가 역시 기녀지만 순결한 처녀지신이다. 옥연은 과거 자신이 몸담고 있던 기루 주인이 했던 것처럼 동기면서도 화봉각 제일 기녀인 아가의 순결을 최대한 지키려고 노력했다.

옥연은 순결지신인 아가에게 먼저 용비를 상대하게 하고는 옆에서 지켜보려는 것이다.

그러면 과연 어떻게 해줘야 용비가 좋아하며 또한 순결을
잃는 것이 얼마나 고통스러운지를 미리 알 수 있을 것이기 때
문에 거기에 심적으로 대비를 할 수 있다는 생각이다.

기녀들이 반드시 필수적으로 배워야 하는 것이 방중술(房
中術)이다.

즉, 잠자리를 모시는 사내의 쾌감을 극한으로 끌어올리기
위한 수백 가지 수법을 기녀였던 옥연이나 현재 화봉각 제일
기녀인 아가는 다 알고 있는 것이다.

용비는 기분 좋게 취했다. 그런 데에는 옥연과 아가 두 여
자가 양쪽에 앉아서 최고의 질 높은 여러 접대를 게을리 하지
않았기 때문이다.

아직도 처녀지신인 그녀들이 어쩌면 그렇게도 남자가 좋
아하는 것이나 성감대에 대해서 잘 알고 있는지, 기루의 교육
만으로 그게 가능한 일인지 모를 일이다.

그녀들은 용비 양쪽에 찰싹 붙어 앉아서 은근하게 몸을 비
비고 문지르면서 손으로는 어루만지고 쓰다듬고 입으로는 향
긋하고 뜨거운 입김을 뿜으며, 그토록 아름다운 얼굴에 고혹
적인 표정을 짓고, 몸을 비비 꼬는 바람에 그는 침상으로 가
기도 전에 후끈 달아오르고 말았다.

그는 원래 옥연하고 부부가 되는 것을 탐탁하게 여기지 않

았었다.

사랑하지도 않는 여자와 부부가 되어야 하기 때문이다. 처음에 의도했던 것은 이게 아니었는데 어찌하다 보니까 이렇게 되고 말았다.

주판지세(走坂之勢). 가파른 비탈길을 빠르게 미끄러져 내려가고 있는 형국이라서 도저히 멈출 수가 없는 상황이 돼버렸다.

더구나 이것은 그가 자초한 일이다. 이제 와서는 절대로 물러날 수 없게 돼버렸다.

그래서 호천주를 죽인 후에 술자리가 시작되자 스스로에게 강한 주문을 걸었다.

무슨 일이 있더라도 오늘 밤만 잘 참고 무사히 넘기자. 거래상 부부가 되기로 했으니까 오늘 밤에 옥연과 동침을 해야만 한다.

그래. 오늘 밤뿐이다. 약속대로 부부지연을 맺고 혼인을 하고 나면 그것으로 끝이다. 이후로는 그녀와 다시 동침하는 일은 없을 것이다.

내가 사랑하는 여자는 허실과 한정, 수진랑뿐이다. 어쩔 수 없이 오늘 밤에 그녀들을 배신하는 것이지만 그것은 그녀들이 허락한 일이다.

오늘 밤만 무사히 지나면 여의신벌에는 무진장의 자금이

들어와서 숨통이 트일 것이고, 그러면 앞으로는 별일 없을 것이다.

옥연 정도는 충분히 다룰 수 있다. 걱정 없다. 오늘 밤만 망가지자.

공력을 사용하지 않은 데다 자포자기하는 심정으로 술을 마셨던 터라서 용비는 꽤 취한 상태가 되었다.

그래서인지 기분이 매우 좋았다. 더구나 옥연하고 정사가 순조롭게 될 수 있을까 염려했었는데 지금은 욕정이 매우 충만해 있는 상태다.

특히 열일곱 살 아가가 술자리에서부터 성심성의껏 그를 흥분시켜 놓은 덕분이다.

침상에서의 아가가 적극적이라면 옥연은 한 걸음쯤 물러나서 지켜보는 쪽이다.

지금도 옥연은 침상에 두 다리를 모으고 옆으로 가지런하게 누인 자세로 앉아 용비와 아가를 물끄러미 바라보고 있을 뿐이다.

이곳은 옥연의 침상이다. 그녀가 늘 잠을 자는 곳에 지금은 일남일녀가 함께 있다. 그녀의 침상에 누가 함께 눕는 것은 처음 있는 일이다.

용비는 누워서 눈을 감고 있으며 얇은 나삼만을 입은 반라의 아가가 그에게 찰싹 달라붙어서 두 손과 입, 혀, 온몸을 꿈틀거리고 있다.

옥연이 지켜봤을 때 아가는 용비에게 완전히 빠져 버린 것 같았다.

그다지 이상한 일은 아니다. 어떤 여자라도 용비를 보면 첫눈에 매혹되고 말 것이다.

예전에 용비를 꺼리게 만들었던 음산하거나 오싹한 분위기가 깡그리 사라지고 오히려 바라보기만 해도 기분이 상쾌해지는 모습이 되었으니 당연한 일이다.

더구나 아가는 오늘 밤 내내 용비와 함께 붙어 있는 동안 각별한 마음을 품게 되었다.

옥연은 아가에게 용비를 즐겁게 만들고 또 최대한 흥분시키라고 당부했었다.

아가는 항상 손님들에게 시서가무를 보여주었을 뿐이고 심해야 손목을 잡히는 정도였지 그녀가 배웠던 방중술을 실제로 써먹어본 것은 용비가 처음이다.

그런데다 옥연은 아가의 순결을 용비에게 바쳐야 한다고 말했기 때문에 그것이 기폭제가 되어 그녀는 용비라는 늪에 빠져서 헤어 나오지 못하고 있는 중이다.

옥연이 알기로 아가는 방중술 수업을 받을 때 최상의 점수였는데 지금 그녀는 그 이상의 실력을 발휘하고 있다.

아가의 실력이 놀라운 것은 방중술과 안마를 섞어서 발휘하고 있다는 사실이다.

더구나 그녀는 용비의 커다란 몸 위에 엎드려서 몸을 밀착시킨 채 두 손과 몸을 이용해서 안마 겸 방중술의 전희(前戲)를 실행하고 있다.

옥연은 용비의 얼굴 표정만 보고서도 그가 지금 얼마나 기분이 좋은지 짐작할 수 있다.

용비에게 반해 버린 아가는 그에게 봉사를 시작하면서부터 스스로 흥분했었고 지금은 흥분이 극에 도달한 상태다.

더 이상 참을 수 없는 지경에 이른 그녀는 이제 자신이 무엇을 어떻게 하는지에 대해서는 잘 알고 있다. 그녀는 마지막 관문으로 들어서기 전에 옥연을 쳐다보았다.

옥연은 얼굴이 발그레 달아올라서 바라보고 있다가 고개를 끄떡였다.

아가는 먼저 자신의 나삼을 벗어 전라의 몸이 된 후에 누워 있는 용비의 옷을 벗겼다.

아가의 인어처럼 눈부시게 희고 매끄러운 몸과 용비의 구릿빛으로 잘 발달된 근육질의 몸이 드러나 멋진 조화를 이루었다.

그때 옥연과 아가의 시선이 약속이나 한 듯 동시에 한곳으로 집중되었다.

“헉!”

“아아······.”

순간 그녀들은 눈을 동그랗게 뜨고 숨을 멈추었다. 심장까지 멎어버린 것 같았다.

용비의 성난 남성이 그의 또 하나의 다리처럼 그곳에 찬란하게 우뚝 서 있었다.

흥분이 극에 달한 아가와 조금 흥분한 옥연이 용비의 음경을 보는 반응은 각기 달랐다.

아가는 두려우면서도 흥분이 됐으며, 옥연은 흥분이 되면서도 두려웠다.

“아아··· 상공······.”

아가는 늘씬하고 가녀린 몸으로 용비의 몸 위에 엎드렸다.

옥연은 눈도 깜빡이지 않고 숨도 쉬지 않은 채 허리를 꼿꼿하게 세우고 그 광경을 지켜보았다.

옥연은 눈을 화등잔처럼 크게 뜨고 있었다. 그녀는 눈앞에서 벌어지는 일이 현실처럼 느껴지지 않았다.

용비가 아가를 죽이고 있었다. 그런데도 옥연은 말리지 않았다. 아니, 못했다.

용비는 자신의 체구 절반도 되지 않는 가냘픈 아가를 지푸라기처럼 이리저리 휘둘러 온갖 자세를 취하게 하면서 거칠게 짓밟으며 유린했다.

짓밟히고 있는 아가가 처절하게 내지르는 비명이 실내를 가득 울렸다.

죽임을 당하고 있는, 온몸이 갈가리 찢어지고 비틀리며 짓이겨지는 가냘픈 어린 소녀의 비명 소리다.

그녀의 비명 소리, 아니, 울부짖음 속에는 쾌감이 진득하게 묻어 있었다.

그리고 옥연은 아가의 얼굴이 더할 수 없는 쾌락으로 물들고, 그렇게 짓밟히면서도 죽자사자 용비에게 매달리는 것을 보며 그 양면성을 이해하지 못했다.

용비는 아가가 순결지신일 것이라고는 조금도 생각하지 못했다. 그 역시 열정에 휩싸여 있기 때문이다.

또한 그녀가 기녀이기 때문에 당연히 사내 경험이 많을 것이라고 짐작했다.

그 증거로 그녀의 방중술은 정말 대단했다. 그래서 마음 놓고 그녀를 짓밟고 있는 것이다.

단지 한 차례의 정사를 한 시진이나 치렀다.

정사를 끝낸 용비가 벌렁 눕자 끔찍한 학대 아닌 학대를 당해서 기진맥진한 아가는 그의 몸 위에 엎드려서 가쁜 숨을 할딱거렸다.

둘 다 온몸이 땀범벅이지만 용비는 지친 기색이 전혀 없다.

조금 전에 용비는 최고의 쾌감을 맛보았다. 수진랑과 한정, 허실도 최고였으나 극상의 방중술이 가미된 아가하고의 정사는 뭐라고 설명할 수 없을 정도였다.

아가는 정사의 극치를 유감없이 몸으로 보여주었다. 그 자그마한 몸이 용비의 몸을 액체로 녹여서 모조리 빨아들이는 것만 같았었다.

그래서 과연 기녀는 뭐가 달라도 다르다고 생각했다. 아가는 수진랑이나 한정, 허실보다도 훨씬 작고 가냘픈 몸을 지니고 있었다.

그런데도 한 번 불타오르면 세 여자를 다 합친 것보다도 더 활활 타올랐다.

긴 한 시진이었으나 옥연에게 짧게만 느껴졌다. 그리고 그녀는 미친 듯이 심장이 두근거렸다.

흥분과 두려움. 경이로움이 한데 뒤섞여서 도대체 뭐가 뭔지 알 수가 없었다.

남녀의 정사를 그것도 이렇게 가까이에서 본 것은 난생 처음이다.

아가를 자신의 방패막이로 사용해서 그녀와 용비의 행위를 잘 관찰하리라고 생각했었는데 오히려 마음이 뒤죽박죽 마구 헝클어져 버렸다.

그때 용비가 옥연을 향해 손을 뻗어 손목을 까딱거렸다. 이제는 네 차례니까 오라는 것이다.

옥연은 누가 자신의 목을 움켜잡은 것처럼 흑! 하고 숨을 몰아쉬었다. 이젠 돌이킬 수도 물러날 곳도 없다.

여기에서 그만둔다는 것은 생각할 수조차 없다. 그것은 천룡을 포기하는 것이다. 그녀는 남몰래 길게 심호흡을 하며 마음을 다잡았다.

"됐다. 너는 나가봐라."

옥연은 옷을 벗기 전에 아가를 내보내려고 했다. 그녀의 임무는 끝났다. 아니, 그다지 도움이 되지 못했다.

"괜찮다."

용비는 떨어지기 싫어서 매달리는 아가를 옥연 반대쪽으로 내리며 느긋하게 말했다.

아가는 그 말을 기다렸다는 듯 그의 팔베개를 하고 찰싹 달라붙었다.

옥연은 아가를 방패막이로 삼은 것이 후회됐으나 이제는 어쩔 수가 없다.

그녀는 용비와 아가가 물끄러미 지켜보는 가운데 천천히 옷을 벗었다.

잠시 후 침상 아래에서 전라의 몸으로 오도카니 서 있는 옥연을 보더니 아가는 부지중 상체를 일으키며 눈이 휘둥그레

져서 찬탄을 터뜨렸다.

"아아… 너무 아름다운 몸이에요……."

용비도 그런 생각이 들었다. 옥연의 나신이 이토록 눈부시게 아름다울 줄은 예상하지 못했었다.

수진랑의 나신은 건강미가 넘쳤으며, 한정은 청초하기 짝이 없었고, 허실은 하나의 보석 같은 우물 그 자체였고, 옥연은 요염함과 풍만함의 극치였다.

묘시(새벽6시) 무렵 용비는 저절로 눈이 떠졌다.

문득 그는 생각나는 것이 있어서 누운 채 고개를 좌우로 돌려 둘러보았다.

왼쪽에는 옥연이, 오른쪽에는 아가가 서로 마주보면서 용비를 꼭 끌어안은 채 깊이 잠들어 있었다.

둘 다 자는 모습은 한없이 평화롭고 순수해 보였다. 마치 아기 같았다.

옥연은 손가락을 살짝 대기만 해도 터져 버릴 것 같은 육감적인 몸을 지녔으며, 아가는 여릿여릿하면서 풀잎처럼 가냘프고 싱그러웠다. 두 여자 다 우열을 가리기 어려운 미모와 몸을 지녔다.

옥연은 이십일 세로 용비보다 두 살 연상이고, 아가는 십칠 세로 오히려 두 살 연하다.

용비는 옥연을 물끄러미 바라보다가 피식 미소를 지었다.

닳고 닳은 기녀답지 않게 처음에는 잔뜩 겁을 먹은 것처럼 내숭을 떨더니, 일단 불이 붙자 아가보다 더하면 더했지 절대 못하지 않을 정도로 미쳐서 날뛰었다.

하지만 이것으로 끝이다. 그의 양쪽에 누워 있는 두 여자하고는 두 번 다시 몸을 섞는 일은 없을 것이라고 그는 생각했다.

용비는 두 여자를 조심스럽게 떼어내고는 그녀들을 타 넘지 않고 살며시 발치 쪽으로 내려왔다.

매일 새벽에 운공조식으로 하루를 시작하기 때문에 오늘도 예외가 아니다.

두 여자는 잠시 몸을 뒤척이는 것 같더니 깨지 않고 계속 잠에 취했다.

그런데 무심코 그녀들을 쳐다보던 용비의 얼굴이 가볍게 굳어졌다.

그의 눈에 침상을 덮고 있는 요의 아래쪽이 붉게 피로 물들어 있는 것이 보였다.

두 여자는 피범벅 위에서 잠들어 있었다. 옥연은 똑바로 누운 자세고 아가는 엎드린 자세다.

그런데 그녀들의 하체 은밀한 곳과 허벅지, 둔부가 온통 피투성이였다.

용비는 그것이 무엇을 의미하는지 보는 즉시 깨달았다. 수진랑과 한정, 허실 모두 순결을 잃고 나서 피, 즉 순결의 상징인 앵혈(鶯血)을 쏟았었다.

'이런…….'

옥연과 아가 두 여자 다 순결한 숫처녀였던 것이다. 그것은 용비가 그녀들에게 첫 남자라는 뜻이다.

그녀들이 기녀라서 닳고 닳았을 것이라고 그저 가볍게 생각했었는데 그것은 용비의 철저한 착각이었다. 일이 이렇게 될 줄은 전혀 예상하지 못했었다.

그녀들은 자신이 남자 경험이 많다고도 순결한 몸이라고도 말한 적이 없었다.

그런데도 용비 혼자 그녀들의 몸이 이미 더럽혀졌을 것이라고 지레짐작을 했던 것이다.

발치에 서서 피로 물든 그녀들의 하체를 바라보는 용비의 마음은 착잡하기 그지없었다.

그가 알기로는 순결을 취한 남자는 그 여자를 끝까지 책임져야 했다.

第八十二章 물밑작전

아침에 눈을 뜬 옥연은 모든 것이 다 달라져 있는 것을 깨
달았다.

화봉각을 비롯한 세상은 어제와 달라진 것이 없는데 그녀
가 어제의 그녀가 아니기 때문이다.

흰색을 통해서 보면 세상이 온통 희게 보이고, 푸른색이면
푸르게 보인다.

그녀는 어제까지 여자였으되 여자가 아니었다. 지난밤에
비로소 여자가 된 것이다.

그것도 천룡인 용비의 여자가 말이다. 그래서 어제까지는

화봉 옥연의 시선으로 세상을 바라보았으나, 지금 용비의 여자로서 보게 되었다. 그러므로 세상이 달리 보일 수밖에 없는 것이다.

여자는 아무리 나이를 많이 먹어도 순결한 몸을 지니고 있으면 세상을 보는 시야가 좁다.

반면에 나이 어린 여자라고 해도 남자 경험이 있거나 많으면 세상을 넓고 깊게 본다.

세상의 절반은 남자들인데 남자 경험이 있는 여자들은 남자들의 생리와 습성, 그들이 무엇을 원하는지 따위를 잘 알고 있는 것이다.

하지만 순결한 여자는 남자를 모른다. 그것은 세상의 절반을 모른다는 뜻이나 같다.

그것은 누가 뭐라고 설명할 수 없는 오묘한 이치다. 아이를 낳아본 여자와 그렇지 못한 여자의 세상살이가 다른 것과 같은 이치라고 할 수 있다.

옥연이 상체를 일으키자 그 기척에 아가도 깨서 부스스 일어나다가 그녀를 보고 깜짝 놀랐다.

"각주, 일어나셨어요?"

아가는 급히 무릎을 꿇고 공손히 고개를 숙였다. 아가를 바라보는 옥연의 심정이 조금 묘해졌다.

세상이 다르게 보이듯이 아가가 어제의 화봉각 기녀로 보이지 않았다. 마치 한 남편을 함께 모시는 자매 같은 느낌이 들었다.

지난밤에 두 여자는 평등했었다. 최소한 용비는 두 여자를 평등하게 다루었다.

또한 알몸이 된 두 여자는 지위도 뭣도 없이 그저 용비에게 사랑받는 평범한 여자였었다. 하지만 날이 밝자 그녀들은 원래의 위치로 돌아갔다.

약간 어색한 침묵이 흘렀다. 기녀와 각주가 한 남자에게 차례로 순결을 바쳤고 둘 다 그에 의해서 이성을 잃고 격정적인 쾌락에 빠졌었다. 그것이 생각나서 두 여자를 괜히 뜨악하게 만든 것이다.

이어 두 여자의 시선이 서로의 은밀한 부위로 자연스럽게 향했다.

그리고 두 여자는 피범벅인 그곳을 보고는 상대가 순결을 잃었다는 사실을 확인했다.

옥연은 당연한 표정이지만, 아가는 각주가 처녀의 몸이었다는 사실에 크게 놀랐다.

"각주……."

"쓸데없는 소리 하지 마라."

아가가 놀라서 뭐라고 말하려는 것을 옥연은 손을 내저으며 일소시키고 고개를 돌렸다.

그러다가 문득 침상 휘장 밖 바닥에서 용비가 가부좌의 자세로 운공조식을 하고 있는 모습을 발견했다.

두 여자는 이끌리듯이 침상에서 내려와 휘장 밖으로 나가 용비 옆에 섰다.

지금 옥연은 신기한 체험을 하고 있었다. 알몸으로 가부좌의 자세를 취하고 꼿꼿하게 상체를 세운 자세로 운공조식을 하고 있는 용비를 바라보면서 그가 더할 수 없이 사랑스럽게 느껴졌다.

단지 육체적으로 한 몸이 되었을 뿐인데 그것이 이처럼 큰 변화를 가져올 줄은 예상하지 못했었다.

자신이 용비를 사랑해야 하는 것이 가장 큰 문제라고 생각했던 것은 순전히 기우였다.

지난밤에 용비가 그녀의 순결을 취할 때, 아니, 짓밟아서 죽일 때 그녀는 이성을 잃고 그에게 달라붙으면서 사랑한다고 울부짖었던 기억이 아련하게 떠올랐다. 자신이 설마 그럴 줄은 꿈에도 몰랐었다.

아가가 용비에게 매달리면서 울부짖는 것을 보면서 추하고 하찮다는 생각이 들었는데 지금 생각해 보니 자신은 아가보다 더 심했던 것 같았다.

어떤 사람을 알게 되고 또 믿음이 생길 때까지 얼마나 오랜 세월이 걸리는 지 그녀는 잘 알고 있다.

그런데 용비하고 단 하룻밤을 잔 것에 불과한데 그에 대해서 다 알게 되었고 또 무조건 그를 믿을 수 있다는 생각이 들었다.

남녀가 함께 잔다는 것, 살을 섞는다는 것은 실로 신기하기 짝이 없는 일이라는 생각이 들었다.

어째서 남녀의 정사를 만리장성을 쌓는 것이라고 비유하는지 이제야 알 수 있을 것 같았다. 만리장성을 쌓으려면 엄청난 노력과 수많은 세월이 걸린다. 그것을 하룻밤 만에 쌓았다는 것이다.

사람이 사람과 가까워지려면 몇 년이 걸릴 수도 있으며 몇십 년이 걸릴 수도 있다. 그러나 남녀는 단 한 번의 정사만으로 그것을 이룰 수 있다.

물론 모든 남녀가 그런 것은 아닐 터이다. 서로에게 각별한 마음을 지니고 있어야지만 가능한 일일 것이다.

그렇다는 것은 옥연도 용비에게 각별한 마음을 갖고 있었다는 의미다.

그것은 틀리지 않다. 그녀에게 있어서 용비만큼 각별한 의미를 지니고 있는 남자는 없다.

옥연은 용비를 꼭 안아주고 싶은 것을 겨우 참으며 손을 저어서 아가를 내보냈다.

이제 옥연은 각주로, 아가는 기녀로 자신의 일상으로 돌아가야 할 때다.

운공조식을 끝낸 용비는 옷을 다 입은 옥연이 가지런히 갠 그의 옷을 들고 옆에 서 있는 것을 쳐다보았다.

"천첩이 입혀드릴게요."

그녀는 수줍은 듯 다소곳이 말하며 일어서는 용비에게 옷을 입히기 시작했다. 누가 시키지도 않았는데 '천첩'이라는 말이 저절로 나왔다.

옥연에 대해서 잘 알게 되었다고 생각하는 용비는 지금 그녀의 행동이 억지스럽지 않고 매우 자연스럽게 보였다. 마치 오랫동안 부부생활을 한 사이 같았다. 이런 것 역시 그가 예상했던 것과는 사뭇 달랐다.

용비가 옷을 다 입자 그녀는 창가의 탁자로 그를 안내했고 곧 하녀가 들어와서 향긋한 차 두 잔을 따르고 나갔다.

"어제 말씀드리려고 했는데 경황이 없어서……."

그렇게 말하는 옥연은 용비를 똑바로 쳐다보지 못했고 눈도 마주치지 못했다.

그녀도 자신이 왜 갑자기 이렇게 변한 것인지 정확한 이유를 모른다.

다만 용비에게 순결을 바쳤기 때문일 것이라고만 어렴풋이 추측하고 있을 뿐이다.

　용비는 대꾸도 하지 않고 차만 마셨다. 그는 옥연을, 아니, 아가까지도 기녀라고만 생각해서 그저 가볍게 하룻밤 지낸 후에 외면하려고 했었다.

　그런데 그녀들이 순결지신이었다는 사실을 알고 나서 지금 마음이 심란한 상태다.

　하지만 옥연은 그의 과묵함이 싫지 않았다. 용비를 만나면 늘 보는 과묵함이고, 만약 어제였으면 속으로 짜증이나 신경질이 났었겠지만 지금은 아무렇지도 않다. 오히려 그게 더 멋있어 보였다. 아니, 그가 무엇을 하더라도 다 멋있을 것 같았다.

　"천추문 생존자 열두 명을, 아니, 가족까지 사십여 명을 더 찾아서 천첩이 보호하고 있는 중이에요."

　"그래?"

　뜻밖에도 용비가 반색을 하며 기쁜 표정을 지었다.

　"잘했다."

　용비는 천추문 생존자들을 더 찾게 돼서 한정과 한성림 등이 기뻐할 것을 생각하니 흐뭇했다.

　옥연은 착한 일을 해서 칭찬을 받는 아이처럼 기뻤다.

　"그들을 찾은 지 오래 됐지만 여의신벌이 어디에 있는지도 모르고 연락도 닿지 않아서 이곳에서 보호하고 있었어요."

　용비는 고개를 끄떡였다.

"이제 너도 여의신벌 사람이니까 가봐야지."

탁……

그는 찻잔을 내려놓았다.

"그건 그렇고, 오늘 내가 할 일이 있다. 연아 네가 좀 도와 줘야겠다."

옥연은 기쁜 표정으로 두 손을 가슴 앞에 모았다.

"말씀만 하세요."

용비는 하룻밤 자고 나서 예전처럼 옥연에게 냉랭하게 대하려고 했는데 그게 잘 되지 않았다.

아무래도 아까 봤던 침상의 앵혈 때문인 것 같았다. 더구나 그녀가 아내처럼 사근사근하게 구는 것이 싫지 않았다. 아니, 은근히 좋았다.

＊　　　＊　　　＊

원래 항주오세는 이강, 이중, 일약의 형세였다.

이강은 천추문과 신룡보, 이중은 홍의검문과 월인궁, 일약은 풍운방이었다.

그런데 지금은 그것이 대변동을 일으킨 상황이다. 최약체 일약이었던 풍운방이 유일한 일강이 되었으며, 이중이었던 홍의검문과 월인궁은 이약이 되었다.

천추문과 신룡보가 차례로 멸문, 또는 사라진 이후에 잠시 동안은 나머지 항주삼세에게 항주와 절강성의 패권을 거머쥘 기회가 주어진 것처럼 보였다.

하지만 홍의검문이나 월인궁에는 사실상 기회 따윈 주어 지지 않았다.

절대십천 항주 분타 역할을 하고 있는 풍운방이 천추문의 멸문에 막대한 영향력을 미쳤고, 또 절대십천의 전폭적인 지 지를 받고 있기 때문이다.

이후 풍운방은 천추문 자리에 본래보다 세 배나 더 큰 어마 어마한 전각군을 증축하여 들어앉으면서 자연스럽게 항주의 패자로 등극했다.

현재 항주삼세 따위는 존재하지 않는다. 단지 풍운방 일방 독주체재만이 존재하고 있을 뿐이다.

풍운방은 항주에 와 있는 절대십천 세력을 적극적으로 도 와 만능서생 용비와 천추문, 신룡보 잔당들을 찾는 과정에서 발 빠르게 천추문과 신룡보의 영역을 잠식했다.

천추문과 신룡보는 항주 성내와 절강성 곳곳에서 여러 사 업과 무도관을 운영하고 있었으나 그들이 멸문, 사라지고 나 자 사업체들과 무도관들은 줄 끊어진 연 신세가 돼버렸다. 풍 운방은 그것들을 아주 손쉽게 먹어치운 것이다.

반면에 홍의검문과 월인궁은 예전보다 더 형편없는 상황

에 처해 있었다.

예전에는 천추문과 신룡보에게 불만을 품고 있으면서도 그들의 그늘 아래에서 편안하게 잘 지냈었다.

그랬는데 풍운방에게 자신들의 세력과 사업을 모조리 빼앗기고 나서야 예전이 좋았었다는 사실을 깨닫게 되었다. 소위 된맛을 봐야지만 정신을 차린다는 것이다.

현재 홍의검문과 월인궁은 대대로 이어온 가업 하나만 유지한 상태에서 근근이 입에 풀칠 정도 하고 있으니 죽지 못해서 살고 있다고 할 수 있다.

그나마 그 가업마저도 언제 풍운방에게 탈취당할지 알 수 없는 불안감 속에서 살고 있다.

그런데도 풍운방은 만능서생과 천추문, 신룡보 잔당을 색출하기 위해서 홍의검문과 월인궁 고수, 무사들을 총동원하도록 연일 닦달하고 있는 상황이다.

＊　　　＊　　　＊

홍의검문은 항주에서 서북쪽으로 십오 리쯤 떨어진 여항현(餘杭縣)에 있다.

그들의 임무는 항주 북쪽을 지키고 또 수색하는 것이다. 정확하게 말하면, 항주를 절반으로 가를 때 남쪽은 월인궁이,

북쪽은 홍의검문이 맡았다.

아니, 그들이 원해서 맡은 것이 아니라 풍운방이 강제로 떠맡겼다.

예전에는 홍의검문 눈치만 살살 보면서 비위를 맞추기에 급급했던 풍운방이 지금은 홍의검문을 하인처럼 부리고 있는 것이다.

항주에서 여항현과 무강현(武康縣)으로 향하는 북쪽으로 뻗어 있는 관도 오른쪽에는 동철계(東哲溪)라는 천목산에서 발원하는 맑은 강이 흐른다.

항주를 벗어나 북쪽으로 오 리쯤 가다보면 강가에 주루가 하나 위치해 있다.

그곳 주루 앞 관도에서 첫 번째 검문이 행해지고 있다. 홍의검문 이십여 명의 무사들이 행인들을 검문하고 있는데, 무사들이나 행인들 모두 귀찮은 기색이 역력했다.

하루 이틀도 아니고 벌써 일 년 가까이 길을 막고 행해지는 검문이었다.

그런데도 만능서생은 고사하고 천추문과 신룡보 사람들은 코빼기도 보이지 않는다.

검문에서 그들을 발견했다는 말은 들어본 적이 없는데도 언제 끝날 지 모르는 검문은 오늘도 지루하게 계속되고 있는 것이다.

풍운방은 그들을 찾아내라고 연일 닦달하지만 홍의검문이나 월인궁, 그 밖에 수백 개 절강무림의 방, 문파들은 그저 찾는 시늉만 하고 있는 실정이다.

슥—

주루의 모퉁이를 두 사람이 돌아서 걸어 나왔다.

흑의 경장 차림의 용비와 청의 유삼을 입은 군영이다. 두 사람은 강을 건너왔지만 마치 주루 뒤쪽에 있는 측간에 다녀오는 듯한 모습이다.

강폭이 십오 장여나 돼서 군영은 건널 엄두도 내지 못하지만 용비가 그를 잡고 간단하게 건넜다.

주루에서 칠, 팔 장쯤 떨어진 관도에서 검문이 벌어지고 있으나 만능서생이 버젓이 나타나서 주루로 걸어가고 있는 줄은 아무도 모르고 있었다.

단층인 주루는 꽤 넓었으며 한여름이라서 창을 다 열었고 주루 앞마당에도 여러 개의 탁자를 늘어놓았는데 그곳에 손님들이 더 많았다.

[주군, 저깁니다.]

군영이 눈으로 관도 쪽 가까이에 놓인 탁자를 가리키며 공손히 전음을 보냈다.

옥연은 오늘 아침에 군영과 연충에게 자신이 용비의 아내가 되었으며 이후 그를 주군으로 모시라고 명령했었다.

아침식사를 하는 동안 옥연은 군영과 연충을 불러 용비가 궁금하게 여기고 있는 항주에 내려와 있는 절대십천 고수들, 그리고 항주삼세와 그들 아래 항주와 절강성의 중요하다고 여겨지는 수십 개 방, 문파들에 대해서 상세하게 보고를 하게 했다.

두 사람은 매우 많은 자료를 보면서 번갈아가면서 설명을 했으나 용비는 식사를 하면서 건성으로 듣는 것 같으면서도 실상은 한 번 듣고 다 외워 버렸다.

군영이 가리킨 탁자에는 다섯 명의 무림인들이 둘러앉아서 술을 마시고 있었다.

한눈에도 한 명의 우두머리와 네 명의 수하라는 것을 알아볼 수 있다.

[홍의검문 총당주 단강(丹强)과 네 명의 당주입니다.]

홍의검문의 가장 큰 검문이 이루어지고 있는 이곳에 꼭 이 시간이면 나타나서 한동안 앉아 있다가 떠난다는 사실을 화봉각은 이미 확인하고 있었다. 그래서 용비가 그들을 만나러 이곳으로 온 것이다.

용비는 군영의 설명을 귓등으로 들으면서 곧장 그들이 있는 탁자로 걸어갔다.

[주군!]

[너는 거기에 있어라.]

군영이 급히 불렀으나 용비는 뒤도 돌아보지 않고 걸어가다가 아무 곳에서나 의자 하나를 집더니 홍의검문 총당주 등이 있는 탁자에 털썩 끼어 앉았다.

군영은 초조하게 용비를 주시했다. 용비의 능력이 대단하기는 하지만, 이곳은 검문이 벌어지고 있는 곳인데 버젓이 홍의검문 총당주 일행이 있는 탁자에 앉았으니 좋은 일보다는 나쁜 일이 벌어질 확률이 더 높았다.

총당주 단강은 보통 중키에 다부진 체격이다. 네모 각진 얼굴에 가느다란 눈, 뭉툭한 코와 두툼한 입술을 지닌 전형적인 강골체질이다.

그래도 한 방파의 총당주와 당주들이라 수양이 제법 얕지 않아서, 낯선 자가 느닷없이 자기들 자리에 끼어 앉았으나 난리법석을 피우는 일은 일어나지 않았다.

단강은 아무렇지도 않은 본래의 과묵한 표정이고, 네 명의 당주는 슬쩍 인상을 찌푸리거나 어이없는 표정을 지으며 낯선 자를 쳐다보았다.

"뭔가?"

당주 중 한 명이 조용한 목소리로 물었다.

탁자에는 간단한 요리 하나가 달랑 놓여 있으며 술병과 술잔이 있지만 술을 마시는 사람은 없었다.

그걸 보면 이들이 이곳에 앉아서 할 일 없이 세월이나 죽이고 있는 것이 하루 이틀이 아니라는 뜻이다.

그저 안주 하나에 술을 시켜놓고 시름없이 허송세월을 보내고 있는 것이다.

용비는 다섯 명을 죽 쓸어보다가 이윽고 총당주 단강 얼굴에 시선이 멈추었다.

다섯 명 중에서 그가 유독 시선을 끌어서 한눈에도 그가 총당주라는 것을 알아보았다.

"자네가 단강인가?"

단강은 삼십대 후반의 나이에 자식이 다섯이나 있다. 누가 보더라도 용비보다 스무 살쯤은 더 많아 보이는데 그가 첫 마디부터 하대를 하자 단강보다 당주들이 발끈했다.

그러나 단강은 손을 들어 당주들이 발작하려는 것을 제지하며 용비를 보며 조용한 목소리로 물었다.

"내게 볼일이 있느냐?"

단강을 비롯한 네 명의 당주들은 자신들이 이곳에서 허구한 날 만능서생을 붙잡으려고 이런 생고생을 하고 있으면서도 정작 만능서생 용비가 자신들 코앞에 앉아 있는데도 그를 알아보지 못했다.

실상 만능서생을 검문, 수색하고 있는 자들이 지니고 있는

용비의 전신(초상화)은 그가 외겸인이었을 때 모습을 그린 것
이다.

전신이란 아무리 잘 그려도 실물하고는 많은 차이가 날 수
밖에 없다.

그래서 실물의 특징을 잘 살려야 하는 것이 전신 그리기의
관건이다.

그런데 외겸인 시절 용비의 특징과 지금 그의 특징은 하늘
과 땅의 차이다.

그러므로 전신을 달달 외우다시피 하는 총당주 단강과 당
주들이라고 해도 바로 앞에 있는 용비를 전혀 알아보지 못하
는 것이다.

더구나 만능서생이 제 발로 자신들 앞에 나타날 리가 없다
는 것도 작용을 했다.

용비는 편안한 자세로 앉아 여유 있는 표정으로 단강에게
물었다.

"홍의검문이 자금사정 때문에 조만간 봉문(封門)해야 할
처지라고 들었는데 그게 사실인가?"

"뭐야?"

"이 자식이! 어디에서 감히!"

순간 네 명의 당주들은 더 이상 참지 못하고 얼굴을 험악하
게 일그러뜨리며 일제히 우르르 일어나면서 한마디씩 퍼부어

댔다. 기분이 슬쩍 나빠진 단강도 이때만큼은 그들을 말리지 않았다.

"음……."

그러나 어찌 된 일인지 그들은 일어서려다가 다시 제자리에 털썩털썩 주저앉으며 얼굴을 일그러뜨리면서 미약한 신음을 흘렸다.

단강은 크게 안색이 변해 벌떡 일어서려다가 주춤하며 다시 앉았다.

일어서려다가는 자신도 당주들하고 같은 꼴이 될 것이라는 생각이 순간적으로 들었다.

그는 얼굴이 돌덩이처럼 딱딱하게 굳어져서 용비를 뚫어지게 주시했다.

방금 전까지는 너무 무료해서 졸음이 올 지경이었으나 지금은 온몸의 털이 다 곤두설 정도로 긴장했으며 또 본능적으로 한줄기 두려움이 엄습했다.

그는 낯선 청년이 자리에 앉는 순간부터 그에게서 시선을 뗀 적이 없었다.

그런데도 방금 전에 네 명의 당주가 일어서려다가 신음을 흘리면서 그대로 주저앉았다.

어린아이가 아니라면 손가락 하나 까딱하지 못하고 말도 못한 채 눈만 껌뻑거리고 있는 그들이 제압당했다는 것을 한

눈에 알 수가 있다.

이 근처에서 네 명의 당주에게 손을 쓸 만한 사람은 단강 맞은편에 앉아 있는 용비뿐이다.

하지만 단강은 그가 손을 쓰는 것을 보지 못했다. 그는 손가락 하나 움직이지 않고 그 자리에 태연하게 앉아 있었다. 그가 움직였다면 단강의 눈이 잘못된 것이다. 하지만 단강은 절대 그럴 리 없다고 믿었다.

주위를 둘러보았으나 근처 탁자에는 급습을 가할만한 사람이 전혀 보이지 않았다.

결국 단강은 용비가 상상조차 할 수 없는 수준의 절정고수일 것이라고 짐작했다.

단강은 온몸에 쥐가 나는 것 같은 기분으로 네 명의 당주를 둘러보았다.

그들은 조금 전에 일어서려다가 주저앉은 이후 꼼짝도 하지 못할 뿐만 아니라 말조차 못하고 있다.

그저 만면 가득 놀란 표정을 떠올린 채 눈을 껌뻑거리며 눈동자를 이리저리 굴리고 있을 뿐이다.

"조금 전에 내 질문을 어떻게 생각하나?"

"아……."

용비가 다시 조용한 목소리로 묻자 단강은 부지중 움찔 놀라 몸을 떨었다.

단강은 조금 전처럼 느긋하지도 기분 나쁜 표정을 짓지도
못했다.

단강은 그가 무엇을 물었는지 잠시 곰곰이 생각한 후에야
생각이 났다.

"그걸 왜 묻소?"

그러나 그는 순순히 대답하지 않았다. 수하들이 있는 곳에
서 체면을 구긴다거나 자존심 같은 것 때문이 아니라 그는 원
래 강골이다.

누가 짓밟으면 심장이 터지고 창자가 쏟아져 나오더라도
굽혀본 적이 없다.

강의목눌(剛毅木訥)이라는 말은 아마 단강 같은 사람을 가
리키는 것일 게다.

실상 용비는 태미신강을 발출하여 탁자 주위에 투명한 보
호막을 쳐둔 상태다.

또한 그 과정에 태미신강으로 네 명의 당주 혈도를 제압했
다. 지금 상황에서는 이곳에서의 대화가 밖으로 전혀 새나가
지 않는다.

"홍의검문의 자금사정이 좋지 않다고 들었다."

용비가 조용히 말하자 단강은 슬쩍 미간을 찌푸렸다.

"알면서 묻는 의도가 뭐요?"

조금 전에 놀란 것은 놀란 것이고 그는 점점 본래의 성격을

되찾아가고 있었다.

　용비는 옥연과 군영, 그리고 연충에게서 항주와 절강성의 방, 문파들에 대해서 자세하게 설명을 들었고 그래서 홍의검문에 대해서도 잘 알게 되었다.

　설명 중에서 용비의 마음을 끄는 내용이 하나 있었는데, 그게 바로 홍의검문 총당주 단강에 대한 것이었다.

　용비는 설명만 듣고도 단강이 마음에 들었다. 그래서 그에게 홍의검문을 살릴 수 있는 방법을 제안하려는 것이다. 만약 홍의검문이 거둘만한 세력이 못 되었다면 가차 없이 버릴 생각이었다.

　"이제 내가 하나를 물을 텐데 그것에 대해서 자네의 솔직한 심정을 대답해 주게."

　단강은 입을 굳게 다물고 용비를 똑바로 주시했다. 어디 들어보기나 하자는 표정이다.

　"만약 자네에게 그럴 만한 능력이 주어진다면 하고 싶은 것이 무엇인가?"

　단강의 표정이 복잡하게 변했다. 용비의 물음은 그야말로 바람을 붙잡고 그림자를 붙드는 포풍착영(捕風捉影)이나 같은 것이다.

　하지만 결코 우습게 여길 물음이 아닐 것이라고 생각했다. 용비가 그러려고 네 명의 당주를 제압하면서까지 마주 앉아 있지는 않을 것이기 때문이다.

어쩌면 이것이 자신에게 찾아온 천재일우의 기회일 수도 있고, 아니면 누군가 파놓은 함정일 수도 있다고 생각했다. 여하튼 장난은 아닐 것이다.

그러나 다시 말하지만 그는 강골이다. 기회이든 함정이든 그의 강퍅한 성격을 누르지는 못한다.

"그렇다면… 제일 먼저 풍운방을 작살내고 싶소."

그렇게 말하면서 그의 눈에서 불길이 이글거렸다.

"그 다음에는?"

"홍의검문을 재건하고 싶소."

현재 홍의검문은 가업인 천목산에서의 벌목 사업 하나만으로 간신히 버티고 있는 중이다.

하지만 그것만으로 홍의검문 휘하 삼백여 명의 고수와 무사들. 그리고 식솔까지 천여 명이나 되는 대가족을 꾸려가는 것은 턱도 없는 일이다.

홍의검문에 소속된 사람들은 어느 누구라도 이미 반년 이상 녹봉을 받아본 적이 없다.

그렇다면 더 이상 무슨 설명이 필요하겠는가. 조금 전에 용비가 말한 것처럼 홍의검문은 오래 버티지 못하고 봉문을 하고 말 것이다.

"그런가?"

“그렇소.”

“실망이군.”

“…….”

조금 전부터 벌어지고 있는 일들이 전부 느닷없는 것들이
지만, 단강은 ‘실망’ 이라는 말에 조금 발끈했다. 그는 항주에
서도 성깔있는 인물로 유명하다.

“뭐가 실망이오?”

“무소불위의 능력이 생긴 것치고는 바라는 것이 너무 작다
는 뜻이네.”

단강은 이것이 ‘만약’ 이라는 가정 하에 진행되고 있는 대
화라는 것마저 잊을 정도로 흥분했다.

“그럼 뭘 해야 한다는 말이오?”

“두점방맹(杜漸防萌).”

말인즉, 근본적으로 해악이 되는 존재를 제거해야지만 재
앙이 사라진다는 뜻이다.

단강은 눈을 크게 떴다.

“당신 말은…… 항주에 있는 절대십천 세력을 쫓아내야 한
다는 말이오?”

“반만 맞췄네.”

“반이라면…….”

“절대십천 세력을 항주에서 쫓아내는 것이 아니라 모조리

죽여야지."

단강은 눈에 이어서 입까지 크게 벌렸다. 조금 전에 용비는 만약을 가정하여 '그럴 만한 능력이 주어진다면' 이라고 말했었다.

그야말로 무소불위의 능력인데 과연 용비의 말처럼 단강이 바라는 것은 너무 소박했다.

그저 발등의 불만 끄자는 것이다. 그 다음에 항주에 와 있는 절대십천 세력이 홍의검문을 또다시 핍박하더라도 일단 지금 당장 급한 것부터 해결하자는 게 그의 생각이었다. 다시 생각해 보니 항주의 절대십천 세력을 갈가리 찢어죽이고 싶은 마음이 용솟음쳤다.

말도 안 되는 대화를 하면서도 단강은 자신의 작음을 깨닫고 착잡한 표정을 지었다.

"내 그릇이 그 정도요. 미안하오."

그는 지금 벌어지고 있는 상황이 무엇인지는 모르지만, 자신이 어떤 낯선 자가 내놓은 시험에서 떨어졌다는 것만은 분명하게 알고 기분이 우울해졌다.

"다시 묻겠네. 조금 전과 동일한 조건이 주어진다면 무엇을 하겠나?"

애당초 글러터진 놈이 있고, 실수를 한 사람이 있다. 용비는 단강을 후자라고 생각하여 기회를 한 번 더 주었다. 역시 똑같은 질문이다.

단강은 움찔 놀라서 용비를 뚫어지게 주시했다. 이즈음 그는 이것이 시험이 아니라 실제 벌어질 수 있는 일일지도 모른다는 생각이 조심스럽게 들기 시작했다.

"절대십천을 요절내고 싶소."

그는 주먹을 힘껏 움켜쥐고 탁자를 내려칠 듯한 기세로 조용히, 그러나 어금니를 악물면서 말했다.

"항주에 있는 절대십천 세력 말인가?"

"아니오. 태산에 있는 절대십천을 말하는 거요."

이놈은 됐다. 하나를 가르치니까 두 개를 깨우쳤다. 용비는 결정을 내렸다.

단강의 얼굴에 비로소 긴장의 기색이 떠올랐다.

"자, 이제 당신이 누군지 말해보시오."

어째서, 왜, 무엇 때문에 따위는 물을 필요가 없다. 상대가 누군지만 알면 그런 것들은 자연히 풀리게 마련이다.

용비는 보면 볼수록 단강이 마음에 들었다. 손도 쓰지 않고 네 명의 당주를 제압한 용비 앞에서도 조금도 굴하지 않고 할 말은 다 하고 있다는 점이 제일 마음에 들었다.

용비는 조용히 대답했다.

"나는 용비라고 하네."

"용비……."

무심코 '용비'라는 이름을 따라서 중얼거리던 단강의 표정이 급변했다.

"만능서생 용비!"

그는 자신이 알고 있는 전신 속의 만능서생과 지금 눈앞에 있는 용비가 닮았다는 것을 그제야 깨닫고 벌떡 일어나며 크게 외쳤다.

"앗!"

그러나 그는 자신이 너무 크게 소리쳤다는 사실을 깨닫고 움찔 놀라 급히 주위를 둘러보았다.

그런데 어찌 된 일인지 아무도 그를 쳐다보고 있지 않았다. 그뿐 아니라 바로 옆 탁자에 있는 사람들조차 자기들끼리 대화를 하느라 여념이 없었다.

그것은 방금 단강이 소리친 것을 전혀 듣지 못했기 때문에 가능한 일이다.

그가 놀라고도 어리둥절한 표정으로 자신을 쳐다보자 용비는 엷은 미소를 지었다.

"주위를 차단해 놓았네."

"아……."

단강은 크게 놀라 눈을 휘둥그렇게 뜨고 두리번거렸다. 하지만 아무것도 보이지 않아서 대체 무엇으로 어떻게 주위를 차단했는지 알기는커녕 짐작조차 할 수가 없었다.

그렇지만 주위의 사람들이 행동하는 것으로 봐서는 무엇인가 보이지 않는 막으로 차단한 것이 분명했다.

단강만이 아니라 혈도가 제압된 네 명의 당주도 경악을 금하지 못했다.

용비는 역시 이번에도 손 하나 까딱하지 않고 혈도가 제압된 네 명의 당주를 풀어주었다.

“아…….”

“도대체 이게…….”

네 명의 당주는 갑자기 몸을 움직이고 또 말을 할 수 있게 되자 어리둥절하면서도 놀라움을 감추지 못했다.

용비는 그들의 놀라움이 어느 정도 가라앉기를 기다렸다가 놀라운 제안을 꺼냈다.

“내가 자네들의 능력이 돼줄 생각인데 거기에 대해서 어떻게 생각하는가?”

第八十三章　하충의 빙（夏蟲疑氷）

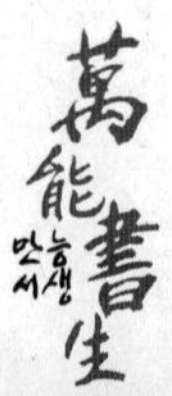

용비는 남관구 포구에서 이십여 리쯤 상류에 있는 부양현
이라는 곳으로 향했다.

부양현에는 이름만 항주삼세인 월인궁이 있다. 항주 인근
의 여러 현들 중에서 부양현이 가장 크고 또 부촌이며, 월인
궁은 부양현 제일 방파로 군림하고 있었다.

아니, 작년까지만 해도 그랬었는데 지금은 껍데기만 남은
종이호랑이 신세일 뿐이다.

월인궁은 홍의검문보다 더 초라한 신세로 전락했다. 홍의
검문은 운영하고 있던 모든 것들을 뺏겨서 궁핍한 신세가 됐

지만, 월인궁은 그런 상황에다 부양현 내에 있는 여러 방, 문파들에게 핍박까지 당하고 있어서 사면초가에 처해 있는 것이다.

평소에 월인궁에 원한이 많았던 부양현의 몇몇 방, 문파들이 돈 상자를 들고 풍운방에 찾아가는 것으로 월인궁의 몰락은 시작되었다.

당금 절강무림에서는 풍운방이 나서서 안 되는 일이란 존재하지 않았다.

차차차창!

부양현 내 거리 한복판에서 병장기 부딪치는 소리가 요란하게 울려 퍼졌다.

원래 행인들의 왕래가 많은 복잡한 대로상에 많은 구경꾼들이 크고 둥글게 원을 형성하고 있다.

그리고 안쪽에서 싸우는 고함 소리와 왁자지껄한 웃음소리가 쏟아져 나왔다.

둥근 원의 가장 안쪽에는 세 명의 여자가 있으며, 한 여자는 피가 흐르는 복부를 쓸어안은 채 바닥에 주저앉아 있고, 그녀의 양쪽에서 두 여자가 서로 등진 자세로 양손에 한 쌍의 도를 움켜쥐고 서 있었다.

그런데 서 있는 두 여자도 성한 몸이 아니었다. 한 명은 허벅지와 가슴을 심하게 베였고, 또 한 명은 어깨와 등을 베이고 찔려서 피를 흘리고 있는데 금방에라도 쓰러질 것 같은 낭패한 모습이다.

세 여자는 독특한 복장이며 금세 눈에 띄는 무기를 지니고 있다. 그런 복장에 무기를 지니고 있으면 누가 봐도 그녀들이 월인궁의 여고수라는 것은 알 수 있다.

세 여고수가 흘린 피로 땅바닥이 시뻘겋게 물들었다. 그녀들은 심하게 중상을 입은 데다 주저앉아 있는 동료 때문에 도망치지도 못하는 신세였다.

이대로 간다면 세 여자 다 얼마 못 가서 죽임을 당하고 말 것 같았다.

그녀들을 에워싼 채 공격을 퍼붓고 있는 자들은 무려 삼십여 명의 사내였다.

고수라고는 할 수 없고 무사쯤 되는 자들인데 하나같이 도검이나 창 따위를 움켜쥔 채 느릿하게 빙빙 돌면서 여자들을 공격하고 있다.

원의 바깥쪽에는 지금까지의 싸움에서 여고수들에게 부상당한 십여 명의 무사가 누워 있거나 주저앉아 있었다.

그리고 더 바깥쪽에는 행인 백여 명이 모여서 이 광경을 지켜보고 있었다.

작년까지만 해도 월인궁의 여고수가 부양현 거리를 걸어

가면 무림인이나 백성들 모두 길을 터주며 공손히 허리를 굽혀 인사를 했었다.

월인궁에 대한 존경의 표시였다. 월인궁이 부양현 내에 많은 사업을 하고 있으며, 그들이 현 내의 크고 작은 사건들을 처리하고 약자들을 많이 도왔기 때문이다.

그래서 월인궁 여고수가 단 한 명이라도 거리를 걸어가면 다른 방, 문파의 고수나 무사들이 아무리 수가 많아도 찍 소리도 못하고 꼬리를 감추거나 한옆으로 비켜서 예를 취해야만 했었다.

그러나 지금은 상황이 완전히 역전돼 버렸다. 풍운방이 월인궁의 사업을 모조리 탈취하고 난 이후에는 월인궁 여고수가 거리에 나타나기만 하면 풍운방 고수 수십 명이 순식간에 나타나서 뒤를 졸졸 따라다니며 사사건건 시비와 꼬투리를 잡았으며 마지막에는 월인궁 여고수를 죽이거나 반병신으로 만들어놓았다.

월인궁에서 그 일을 알고 여고수들이 우르르 쏟아져 나오면, 풍운방 고수들은 그보다 몇 배나 더 많은 수가 사방에서 몰려나와 여고수들을 공격했었다.

그런 일들이 몇 달 동안 계속 반복되다 보니까 월인궁은 심각한 피해를 입게 되었으며 여고수의 수는 예전의 절반으로 줄어들었다.

결국 월인궁은 문을 굳게 닫아걸고 사실상 봉문을 한 채 바깥출입을 자제했으며, 꼭 필요한 경우에만 몰래 나와서 눈치를 살피며 볼일만 보고 급히 들어가는 참담한 입장이 돼버렸다.

지금도 세 명의 월인궁 여고수들이 급한 볼일을 마치고 돌아가다가 재수 없게도 현재 부양현 제일 문파인 뇌룡문(雷龍門) 무사들에게 걸린 것이다.

현재는 뇌룡문이 부양현의 법이다. 월인궁 시절에는 평화로웠던 현이 지금은 살벌하기 짝이 없다.

원인과 이유는 단 하나다. 뇌룡문과 그들에 동조하는 방, 문파들이 반강제로 현의 돈이란 돈은 깡그리 긁어모으고 있으니 그럴 수밖에 없다.

콰차차창!

"우웃!"

다시 한 차례 뇌룡문 무사 삼십여 명이 일제히 공격을 퍼붓자 두 명의 월인궁 여고수는 전력을 다해 한 쌍의 월인도를 휘둘러 가까스로 막았다.

그러나 두 여고수는 한꺼번에 삼십여 명의 무지막지한 공격을 막느라 기혈이 역류하여 입과 코에서 피를 쏟아내며 심하게 비틀거렸다.

"푸핫핫핫! 쓰러지기 직전이다! 마지막 공격을 가하자!"

"우헤헤헷! 죽이지는 마라! 목숨이 붙어 있는 동안 좀 데리고 놀아야겠다!"

뇌룡문 무사들은 고양이가 쥐를 갖고 놀듯이 월인궁 여고수들을 농락했다.

그때 두 여고수가 마침내 한 명은 풀썩 주저앉고 또 한 명은 무릎을 꿇었다.

그녀들은 지푸라기처럼 헝클어진 머리카락에 옷 여기저기가 마구 찢어져서 하얀 속살을 드러낸 모습으로 얼굴에 원통한 표정을 지은 채 뇌룡문 무사들을 쏘아보았다.

그녀들은 일어서려고 안간힘을 썼으나 뜻대로 되지 않았다. 그럴 때마다 상처에서 피가 뿜어졌다.

뇌룡문 무사들은 야비하고 또 징그러운 미소를 흘리면서 여고수들에게 다가들었다.

투타닥… 퍼퍽!

"흐윽!"

"큭!"

그런데 갑자기 뇌룡문 무사들 뒤쪽에서 둔탁한 소리와 신음 소리가 어지럽게 터져 나왔다.

원 안쪽의 무사들이 움찔 놀라서 다급히 돌아볼 즈음에는 원 바깥쪽 무사들 십여 명이 누군가에게 얻어터져서 허공으로 붕붕 날아가든가 일직선으로 뒤로 쭉쭉 밀려 나가고 있는 중이었다.

한 명의 훤칠한 청의 유삼을 입은 청년이 천천히 안쪽으로 걸어오면서 맨손 백타술로 뇌룡문 무사들을 보리타작하듯이 두들겨 패고 있었다.

청의 유삼 청년은 다름 아닌 군영인데, 그는 무인지경인 양 무사들 한가운데로 파고들면서 두 손이 보이지 않을 정도로 빠르게 움직였다.

뇌룡문 무사들이 정신을 차리고 공격하려고 했을 때에는 이미 이십오륙 명이 나가떨어졌으며 남은 것은 겨우 서너 명 뿐이었다.

"으으… 네놈은 누구……."

퍼퍼퍽!

"캑!"

"끄윽!"

그나마도 군영이 미끄러지듯이 다가들며 두 주먹을 휘두르자 눈 깜짝할 사이에 모조리 나가떨어졌다.

군영은 삼십여 명의 뇌룡문 무사를 불과 세 호흡 만에 모조리 때려눕히고 아무 일도 없었다는 듯 표표히 옷자락을 날리며 동작을 멈추었다.

그에게 얻어터진 뇌룡문 무사들은 바닥에 쭉쭉 뻗은 채 아무도 일어나지 못했다.

군영이 손속에 사정을 두었기 때문에 죽은 자는 아무도 없다. 다만 좀 심하게 얻어맞은 자들은 혼절했고, 아니면 갈비뼈나 어깨, 팔다리가 부러져서 땅바닥에 주저앉아 비명과 신음을 터뜨리고 있었다.

덜커덩⋯ 덜컥⋯⋯.

두 필의 말이 끄는 수레가 월인궁 전문 앞에 이르더니 멈추어 섰다.

수레의 말고삐는 군영이 잡고 있으며 그 옆에는 흑의 경장 차림의 용비가 뒷짐을 진 채 서 있고, 수레에는 부상당한 세 명의 월인궁 여고수들이 눕거나 앉아 있었다.

앉아 있는 이십오륙 세가량의 여고수가 급히 수레에서 내리려고 했다.

"아⋯ 제가 먼저 안에 들어가서 은공들께서 오신 것을 알리겠습니다."

그러나 그녀는 한쪽 발이 땅에 닿는 순간 그대로 앞으로 고꾸라졌다.

"앗!"

허벅지에 가로로 베인 상처가 깊기 때문에 발에 힘을 줄 수 없기 때문이다.

뿐만 아니라 그녀는 어깨와 가슴 부위에도 베인 상처가 있

어서 움직이자 잘라진 옷 밖으로 상처 입은 풍만한 젖가슴이
출렁 나와 버렸다.

슥―

"조심하시오."

"아……."

옆에 있던 용비가 한 손을 내밀어 허리를 안자 고꾸라지려
던 그녀는 그의 품에 안기고 말았다.

아담한 체구의 그녀는 건장한 체구의 용비 품에 안겨서 할
딱거리며 그를 올려다보았다.

"움직이면 지혈해 놓은 상처가 터질 것이오."

여고수는 지금이 어떤 상황인지도 잊은 듯 얼굴을 발그레
붉히며 눈을 내리깔았다.

용비는 그녀를 가볍게 번쩍 안아 올려서 조심스럽게 수레
에 앉혀주었다.

여고수는 용비의 흑의 상의에 피가 흠뻑 묻어 있는 것을 발
견하고 자신의 가슴을 내려다보았다.

베어진 옷 밖으로 고스란히 드러난 뽀얀 젖가슴 유두 윗부
분의 가로로 세 치 길이로 베인 상처에서 샘물처럼 피가 흐르
고 있었다.

"봅시다."

용비는 그녀를 눕히고 손을 뻗어 젖가슴의 상처 주위를 손

가락으로 쓰다듬듯이 눌러 다시 지혈을 해주었다.

여고수는 아픔도 잊은 채 얼굴이 붉어져서 눈을 꼭 감고 가늘게 몸을 떨었다.

수레에 있는 세 명의 여고수는 용비가 다 임시로 치료를 해주었다.

그녀들은 용비의 부드러운 손길이 상처에 스치자 금세 낫는 것 같은 상쾌함을 느꼈었다.

용비와 군영을 맞이한 사람은 세 여고수의 직속상전인 삭월단주(削月壇主)다.

월인궁은 궁주와 부궁주, 총단주, 그리고 다섯 명의 단주와 그 아래 조장들로 이루어졌다.

그런데 세 여고수의 목숨을 구해준 은인 용비와 군영을 맞이한 사람이 고작 네 번째 지위인 단주다.

절강성 사람들이 월인궁을 애기할 때 제일 먼저 떠올리는 것이 바로 금석 같은 자존심이다.

다른 방, 문파 같으면 이런 경우에 수장이 직접 나와서 수하를 구해준 것에 감사를 할 텐데, 월인궁은 직속상전 삭월단주가 몇 마디 말로 치하하는 것이 전부였다.

과거의 권세와 부귀를 다 잃어버리고 당장 오늘 끼니를 걱정해야 하는 것뿐만 아니라 수하가 밖에 나가기만 하면 죽든가 중상을 입는 판국에도 예전의 자존심만큼은 시퍼렇게 살아 있었다.

용비는 월인궁을 접수하기 위해서 우선 궁주의 자존심부터 꺾어야겠다고 생각했다.

사실 오늘 월인궁에서 위험을 무릅쓰고서 세 명의 여고수를 밖으로 내보낸 이유는 부양현에서 가장 신용이 좋은 부양전장(富陽錢莊)에서 은자 십만 냥을 꿔줄 수 있을 것 같으니 와서 대화를 해보자는 통보를 해왔기 때문이었다.

은자 십만 냥이면 지금 같은 보릿고개에 장님 눈이 번쩍 뜨일 정도의 거금이다.

그걸 쪼개고 또 쪼개서 쓰면 월인궁 전체가 두어 달은 너끈히 견딜 수 있다.

그래서 월인궁에서 서둘러 세 명의 여고수를 부양전장에 보낸 것이다.

그런 일이라면 궁주가 직접 가지는 못해도 하다못해 부궁주나 총단주를 보내야 한다.

그런데 예전의 시퍼런 자존심이 남아 있고 또 돈을 빌리는데 간부를 보내는 것이 체면이 서지 않아서 일개 여고수들을 보냈던 것이다.

그러나 세 여고수는 은자 십만 냥을 빌려오지 못했다. 부양전장 측에서 월인궁주가 직접 와야지만 대화를 하겠다고 했기 때문이다.

그래서 기운이 빠진 세 여고수가 월인궁으로 돌아오다가 재수 없게 뇌룡문 무사들과 마주쳐서 곤욕을 치르고 있었던 것이다.

하지만 부양전장이 화봉각 소유고, 은자 십만 냥을 빌려주겠다고 미끼를 던진 것이 용비의 생각이었다는 사실을 월인궁은 열 번 죽었다가 깨어나도 절대로 모를 터이다.

용비는 약간의 은혜를 베풀면서 자연스럽게 월인궁에 들어오기 위해서 그런 계책을 사용했다.

하지만 일개 단주의 치하로 끝나게 될 줄은 전혀 예상하지 못했었다.

더구나 시각이 유시(저녁6시)라서 저녁식사 무렵인데도 식사 한 끼 대접하려 들지 않고 축객이다.

"그럼 살펴 가십시오."

이십대 중반으로 보이는 삭월단주는 정중히 포권을 하면서 고개를 숙였다.

접객실에 앉아 있던 용비는 표정의 변화가 없으나 그 옆에 서 있는 군영의 얼굴이 찌푸려져 있다. 그는 여간해서는 화를 내지 않는 사람이지만, 월인궁의 야박한 처사에는 크게 기분이 상했다.

그러나 무위가 절정에 이르면서 동시에 수양심과 이해심

마저도 매우 깊어진 용비는 달리 생각했다.

월인궁이 너무 궁핍하고 주위로부터 많은 핍박을 받다보니까 은인에게 변변하게 대접할 끼니조차 없는 것일지도 모른다고 말이다.

옛말에 시어다골(是魚多骨)이라 했다. 준치는 맛은 좋으나 가시가 많은 것이 흠이다.

그런 것처럼, 월인궁은 쓸 만한 방파이기는 하지만 접수하기 위해서는 이것저것 손이 많이 가는 것이 흠이다.

웬만한 방, 문파였으면 이처럼 형편없이 몰락하면 자존심이고 뭐고 귀찮아서라도 다 팽개칠 텐데 월인궁은 끝까지 자존심만은 쇠심줄처럼 질기게 붙잡고 있다.

용비는 그럴수록 월인궁이 탐났다. 개뿔도 없으면서 이런 식이면 침이나 뱉어주겠으나 크게 한 가닥 할 방파가 분명하기 때문에 더욱 손에 넣고 싶었다.

"삭월단주라고 했소? 한 가지 부탁이 있소."

용비는 앉은 채 앞에 서 있는 삭월단주에게 조용하지만 듣기만 해도 싱그러운 부드러운 목소리로 말문을 열었다.

삭월단주는 갸름한 얼굴 윤곽에 눈매가 검고 오뚝한 코에 도톰한 입술, 귀엣머리가 보송보송 탐스럽게 자란 늘씬하면서도 귀여운 외모였다.

그녀는 눈앞에 앉아 있는 비길 데 없이 준수한 청년이 만능서생 용비일 것이라고는 꿈에서도 생각하지 못했다.

지금 용비에게선 예전의 그 을씨년스러운 외겹인 용비의 모습은 추호도 찾아볼 수가 없다.

오히려 반대다. 여자라면 처음 보는 순간 누구라도 한번 안겨보고 싶은 그런 기남자의 기상이 은은한 빛처럼 뿜어지고 있다.

삭월단주는 용비가 외모도 훌륭한데다 목소리마저 뼈를 녹일 듯이 감미로운 것을 듣고 아주 잠깐 홀린 듯한 기분이 들었다.

그러나 즉시 자신의 실수를 깨닫고 당황한 듯 말했다.

"무… 슨 부탁입니까?"

"사실 나는 부양현에서 제일 좋은 주루를 매입하려고 왔소. 그래서 삭월단주가 그런 곳을 소개해 주었으면 하는데… 괜찮겠소?"

"제가… 말입니까?"

부양현에서 제일 좋은 주루라니, 삭월단주는 생뚱맞다는 표정을 지었다.

하지만 이런 상황에서는 용비를 의심할 이유가 없으며, 그는 매우 진지한 표정을 지은 채 그녀를 바라보며 대답을 기다리고 있었다.

"제일 좋은 주루까지는 모르지만 본궁 사람들이 예전에 자주 가던 주루가 한곳 있기는 합니다만……."

삭월단주는 원래 미식가에 애주가라서 부양현의 주루라면 훤하게 꿰고 있다.

그녀는 대답을 하면서 예전 월인궁의 형편이 좋았을 때 자신이 즐겨 찾아갔던 전당강 가의 주루를 떠올렸다. 그러자 입 안에 군침이 절로 돌았다.

"그곳의 요리와 술이 맛있소?"

그렇지 않아도 군침이 돌고 있는데 용비의 그 말을 듣자 삭월단주는 잠시 멍한 표정을 지었다.

그 주루의 갖가지 향긋한 요리와 입에 착착 붙는 술이 눈앞에 선한 것 같았다.

그렇지 않아도 매일 쌀밥도 제대로 먹지 못하고 옥수수나 감자 나부랭이만 먹는 처지라서 그 주루의 요리를 생각만 해도 가슴이 벅찼다.

"스읍! 아……."

그러다가 저도 모르게 입안에 침이 가득 고여 흘러내리는 줄도 모르고 있다가 급히 손등으로 침을 닦으며 당황하는 삭월단주다.

그녀는 용비가 바라보면서 부드러운 미소를 짓자 부끄러운 마음에 쥐구멍에라도 숨고 싶은 심정이 들었다. 안기고 싶은 사내 앞에서 침을 흘렸으니 그 심정이 오죽하랴.

“그 정도면 대답은 충분하오.”

삭월단주가 그 주루의 요리와 술을 생각하면서 침까지 흘린 것을 두고 하는 말이라서 그녀는 얼굴이 새빨개져서 어쩔 줄을 몰랐다.

아무리 월인궁이 과거에 비해서 형편없는 형극동타(荊棘銅駝)의 신세가 되어 기를 펴지 못한다고 하지만, 그래도 삭월단주 역시 여자는 여자라서 준수한 용비 앞에서 추한 꼴을 보이고는 수습을 하지 못해 좌불안석이다.

“실례지만 그곳을 안내해 주겠소?”

“어… 딘지 가르쳐 드릴 수는 있습니다. 저희는 밖에 나가지 못하는 터라서……”

“아니, 그대가 함께 가주었으면 하오.”

“그건……”

“그 주루를 매입하는데 도움을 주면 삭월단주에게 수수료를 후하게 드리겠소. 군영, 얼마나 준비했나?”

주루를 산다는 얘기는 조금 전에 용비가 즉흥적으로 만들어낸 것이지만 군영은 즉시 임기응변을 발휘했다.

“수수료라면 은자 천 냥 정도 준비했습니다만.”

‘처… 천 냥!’

그녀의 녹봉이 은자 오십 냥이다. 천 냥이면 이십 개월 치 녹봉에 달하는 엄청난 금액이다.

더구나 그녀는 이미 열 달 가까이 녹봉을 받아본 적이 없어서 가족들의 생계는 이미 포기한 지 오래다. 가족들은 뿔뿔이 흩어져서 저마다 살 궁리를 하고 있는 터라 그들의 생사도 모르고 있는 상황이다.

용비와 군영은 삭월단주가 엄청 놀라서 입을 크게 벌리는데 혀가 안으로 말려 들어가는 것을 똑똑히 보고 그녀가 이 제안을 거절하지 못할 것이라고 확신했다.

"그곳에서 삭월단주와 함께 요리와 술을 먹으면서 나를 주루 주인에게 소개해 주었으면 하오만,"

"그… 럴까요?"

삭월단주의 마음은 이미 그 주루에 가 있었다.

주루는 전당강 가에 그리 높지 않은 절벽 위에 위치해 있으며 이 층의 매우 고풍스러운 건물이었다.

부양현은 전당강을 끼고 있으며 주루는 포구와 가까운 곳에 있어서 위치적으로도 장사가 잘 될 것 같았다.

그러나 손님이라곤 용비 일행이 유일했다. 이곳 주루 만월각(滿月閣)은 예전에 월인궁 사람들이 단골로 이용했었으며 그 덕분에 번창했었다.

그러나 월인궁이 쇠락의 길을 걷게 되자 만월각도 같은 길을 걸었다.

월인궁 사람들이 더 이상 주루를 찾지 않는 것도 원인이지만, 예전에 월인궁하고 친했었다는 이유 때문에 타 방, 문파들에게 뭇매를 얻어맞았기 때문이다.

번창하던 시절에는 이십여 명의 숙수들과 점소이들을 두고서도 손이 모자랐으나 지금은 주루 주인부부와 아들내외가 근근이 운영을 하고 있는 실정이다.

은자 천 냥과 만월각의 맛있는 요리. 그리고 술이 꼴깍꼴깍 넘어갈 것처럼 먹고 싶은 술 때문에 삭월단주는 어쩔 수 없이 사복으로 갈아입고 몰래 월인궁을 빠져나와 용비의 길잡이가 돼주었다.

이 층 창가에 자리를 잡은 세 사람은 이미 많은 술을 마신 상태다.

부득부득 용비 옆자리에 앉은 삭월단주는 술 다섯 병을 마시고 완전히 무장이 해제되었다.

그녀는 술을 마시면서 점점 더 취할수록 월인궁의 속사정에 대해서 자세히 설명해 주었다.

그녀의 말에 의하면, 월인궁은 예상했던 것보다 훨씬 더 참담한 상황이었다.

수하들에게 줄 녹봉은커녕 며칠 분의 식량밖에 남아 있지 않은 궁색함이 극에 달한 형편이었다.

그러나 삭월단주가 술에 취해서 실토한 말 중에 가장 충격
적인 것은, 월인궁이 내일 정식으로 폐문(廢門)을 한다는 사
실이었다.

봉문과 폐문은 엄연히 다르다. 봉문은 월인궁이 지금처럼
일시적으로 문을 닫고 있는 것이고, 폐문은 아예 방파를 해체
하는 것이다.

그렇게 되면 월인궁의 여고수들 모두 뿔뿔이 흩어져서 제
갈 길로 가야만 한다.

폐문의 원인은 물론 자금 때문이다. 본래부터 충성심과 의
리가 강한 월인궁의 여고수들은 녹봉을 받지 않고도 얼마든
지 근무를 하려고 하였다.

하지만 문제는 그녀들을 먹일 끼니마저도 다 떨어졌다는
각박한 현실에 있다.

용비에게 공력을 사용하지 말고 술을 마시라고 명령을 받
은 군영은 상당히 취한 상태가 되었다.

삭월단주는 두 말할 필요가 없을 정도다. 용비에게 쓰러지
고 안기면서 '오빠'를 연발하며 오늘 밤에 자기를 책임지라
고 주정을 부렸다.

용비는 만취한 군영과 삭월단주를 객방에 옮겨놓고 만월
각을 나섰다.

해시(밤10시) 무렵에 용비는 혼자 월인궁에 잠입했다.

그리 늦은 시각은 아니지만 궁내는 쥐 죽은 듯이 고요했으며 불 켜진 전각이 거의 없었다.

풍족한 시기에는 늦은 밤에도 이것저것 할 일이 많아서 궁내가 부산했으나 지금은 모두들 허기진 배를 쓸어안고 일찍 잠이나 자는 것이 배고프지 않고 속편하기 때문이다.

또한 초나 유등에 사용할 기름을 사지 못해서 밤에 불을 켤 수도 없는 가슴 아픈 상황이다.

용비는 무인지경이나 다름없는 월인궁 내를 한 바퀴 둘러보고 나서 궁주의 거처라고 짐작되는 삼 층 전각의 흐릿한 불이 켜져 있는 방으로 스며들었다.

꽤 넓은 방인데 적막하고 을씨년스러운 기운이 느껴졌다. 창 안쪽 실내로 내려선 그는 저만치 휘장이 드리워진 침상 안쪽에 한 사람이 고즈넉이 앉아 있는 모습을 얇은 휘장을 통해서 발견했다.

침상에서 흘러나오는 달그락거리는 작은 소리와 휘장에 비치는 모습으로 궁주라고 짐작되는 그녀는 혼자서 술을 마시고 있는 것 같았다.

용비는 추호의 기척도 내지 않고 휘장 안으로 스며들어 그녀 옆에 그림자처럼 섰다.

사람은 어떤 기척이라도 감지해야만 주위에 변화가 일어

났다는 사실을 알 수가 있다.

하지만 용비는 마치 오래전부터 그곳에 서 있던 것 같아서 궁주는 전혀 눈치채지 못했다.

그녀는 얇은 잠옷 차림에 긴 머리를 풀어서 늘어뜨린 모습으로 술을 마시고 있었다.

낮에는 궁주의 복장을 하고 머리도 틀어 올린 모습이겠지만 잠자리에서는 월인궁의 여느 여고수와 다르지 않은 모습을 하고 있다.

월인궁주는 혼자 술을 마시고 있었다. 침상에 책상다리로 앉아서 앞에 놓인 쟁반에 술병만 하나 달랑 놓여 있을 뿐 요리도 없었다.

나이는 이십대 후반으로 보이고 키가 큰 편이고 마른 체구에 갸름한 얼굴이다.

그녀는 자신의 옆 반 장 쯤 떨어진 곳에 용비가 서 있는 것도 모른 채 울고 있었다.

왼손에 술잔을 쥐고서 흐느끼는 소리를 내지도 않고 조용히 눈물만 흘렸다.

만약 울고 있지 않았다면 용비가 옆에 나타난 것을 눈가에 뭔가 어른거리는 것으로 감지했을지도 모른다.

내일 아침에 그녀는 월인궁의 폐문을 선언해야만 한다. 그걸 생각하면 아무리 여걸이라고 소문난 그녀라고 해도 가슴이 미어져 눈물이 나지 않을 수가 없었다.

장장 오대(五代)에 이르는 월인궁이 그녀 대에 이르러 영원히 사라지게 되었으니 죽음보다 더한 절망이고 슬픔이 아닐 수 없을 것이다.

하지만 따져 보면 일이 이 지경이 된 것은 그녀 잘못이 아니다. 모든 원인은 절대십천이 항주에 내려와서 분탕질을 쳐 대고 풍운방이 득세를 했기 때문이다.

수만 가지 복잡한 상념과 추억들이 그녀의 머릿속에서 충돌하며 불꽃을 피웠다가 꺼져 가고 있다.

그리고 그보다 더 많은 원한과 복수심이 가슴을 들끓게 하지만 그것은 결코 풀지 못할 일이다.

그녀가 숨을 쉬고 살아 있는 한 월인궁을 이 지경으로 만든 자들에 대한 복수는 영원히 가슴 속에 묻어둘 수밖에 없게 되었다.

탁…….

그녀는 일각 이상 동안 들고 있던 술잔을 내려놓고 대신 술병을 집어 들어 입으로 가져갔다.

꿀꺽꿀꺽…….

병째 마시는 그녀의 창백한 입술 끝으로 술이 넘쳐서 슬프도록 아름다운 턱과 길고 흰 목을 타고 흘러내렸으나 그녀는 개의치 않았다.

단숨에 술병을 다 비운 그녀는 술병을 내려놓고 물끄러미 쟁반 너머 침상에 놓여 있는 한 자루 푸른빛을 발하는 단검을 응시했다.

그녀의 눈에서는 조금 전보다 눈물이 더욱 흘러, 아니, 쏟아져 내렸다.

슥—

그러더니 그녀는 단검을 집어 두 손으로 잡아 칼날을 자신의 목을 향하게 했다.

입술을 꼭 깨물고 눈물에 젖은 눈을 깜빡이는 그녀의 얼굴에 더할 수 없는 복잡한 표정이 일렁이더니 한순간 갑자기 단검으로 자신의 목을 빠르게 찔러갔다.

탁!

"아!"

그러나 어딘가에서 느닷없이 쏘아온 한줄기 무형의 힘이 단검의 검신을 가볍게 쳐서 칼날이 그녀의 귓가를 스쳐 지나가게 만들었다.

화들짝 놀란 그녀는 다급히 주위를 둘러보다가 자신의 바로 옆에 서 있는 용비를 발견하고 눈을 커다랗게 떴다.

"웬 놈이……."

순간 그녀는 앉은 자세에서 그대로 몸을 날려 방금 전에 자신의 목을 찌르려고 했던 단검을 휘두르면서 용비를 공격해졌다.

쉬이익!

용비는 가볍게 놀랐다. 월인궁주의 공격이 예상했던 것보다 빠르고 위력적이기 때문이다.

비록 단 한 차례의 공격이지만 그것만으로도 그녀의 무위가 천추문주나 군영보다 한 수 위라는 것을 충분히 깨달을 수 있었다.

그녀의 무위는 세상에 알려진 것보다 훨씬 고강한 것이 분명했다.

아무리 절정고수라 해도 예상했던 것이 빗나가면 여유를 잃고 급히 공격을 막아낼 수밖에 없다.

물론 그녀가 아무리 고강하더라도 용비를 어떻게 할 정도는 아니지만 말이다.

슛—

원래 용비는 그녀가 공격해 올 경우 가볍게 그녀의 손목을 쳐서 단검을 날려 버릴 생각이었으나 이미 그럴 시기를 놓쳐 버렸다.

그래서 상체를 숙이고 단검을 피하면서 곧장 그녀에게 부딪쳐가며 단검을 쥔 오른팔을 붙잡고 그녀와 함께 침상으로 쓰러졌다.

픽!

"흐윽……."

얇은 나삼 하나밖에 입지 않은 그녀의 늘씬하고 풍만한 몸 위에 용비의 몸이 포개졌다.

그 바람에 용비의 묵직한 체중 때문에 월인궁주는 답답한 신음을 흘렸다.

그녀는 자신의 몸 위에 엎드려 찍어 누르고 있는 용비를 놀라는 얼굴로 쳐다보다가 갑자기 왼손 주먹으로 그의 옆얼굴을 찍어왔다.

탁!

그러나 그마저도 용비의 커다란 손에 붙잡혔다. 그녀는 두 팔이 그에게 붙잡혀서 양팔을 벌린 채 꼼짝도 하지 못하는 신세가 돼버렸다.

"이이… 익! 웬 놈이냐? 저리 비켜라!"

그녀는 세차게 몸을 흔들며 발버둥을 쳤으나 태산에 짓눌린 듯 요지부동 벗어날 수가 없었다.

오히려 방금 전 격돌 때 앞섶이 풀어헤쳐졌는데 심하게 발버둥을 치자 앞섶으로 갑자기 풍만한 젖가슴이 출렁 나와 버렸다.

"아……."

깜짝 놀란 그녀는 동작을 멈추고 자신의 가슴을 쳐다보다가 용비를 바라보았다.

그가 뽀얀 자신의 젖가슴을 굽어보고 있는 것을 발견하고
는 얼굴이 차갑게 변했다.

"이… 이놈!"

그녀는 공력을 극한으로 끌어올려 단숨에 용비를 떨쳐내
려고 하다가 갑자기 몸이 굳어버렸다.

용비가 손을 사용하지 않은 상태에서 태미신강을 발출하
여 그녀의 마혈을 제압한 것이었다.

이어서 그는 월인궁주의 팔을 놓아주고 앞섶을 여며주려
는데 젖가슴이 너무 크고 또 잠옷이 등에 눌려 있어서 팽팽하
게 당겨진 터라 뜻대로 잘 되지 않았다.

찌익…….

오히려 억지로 여며주려고 힘을 많이 주다보니까 옷이 죽
찢어져서 젖가슴을 가려주기는커녕 오히려 더 많이 드러나
버렸다.

"허어… 이거야…….."

그는 그녀의 가슴을 가려주려고 이렇게도 저렇게도 해봤
지만 본의 아니게 두 손으로 자꾸 젖가슴만 만지게 되고 오히
려 옷은 점점 더 찢어져서 이제는 젖가슴 전체가 드러나 버렸
다.

"이… 이놈!"

월인궁주는 갑자기 나타난 이 낯선 사내가 누구인지보다

는 자신이 당하고 있는 모욕과 수치심 때문에 정신을 잃을 지경이다.

용비는 그녀의 표정이 더할 수 없이 비참하게 일그러지는 것을 보고는 이래서는 안 되겠다 싶어서 급히 손을 떼고 물러났다.

목적이 있어서 왔는데 목적은 고사하고 까딱하다가는 월인궁주하고 원수지간이 될 것만 같았다.

그는 세 걸음 물러나서 침상에 벌렁 누워 있는 월인궁주를 보며 씁쓸한 표정을 지었다.

"이럴 의도는 아니었는데 어찌 이렇게 돼버렸소. 오해하지 말았으면 좋겠소."

월인궁주는 자존심의 화신 그 자체라고 해도 좋을 만큼 지조 높은 여자다.

그녀는 방금 전의 일 때문에 용비를 갈가리 찢어죽이고 싶을 정도로 분노했다.

하지만 지금이 어떤 상황인지 판단을 하지 않고 무턱대고 화만 낸다면 일문의 수장 될 자격이 없는 것이다.

그녀는 분노한 중에도 우선 지금 자신이 제압됐기 때문에 아무것도 할 수 없다는 사실을 인정했다.

그리고 두 번째로 상대가 누구며 무엇 때문에 이곳에 잠입한 것인지를 생각해 보았다.

세 번째로는 자신이 전력을 다해서 공격을 했음에도 불구하고 상대가 너무도 간단하게 자신을 제압했던 것에 기인하여 상대의 무공이 최소한 자신보다 한 수 위일 것이라고 판단했다.

마지막 네 번째는, 자신의 젖가슴이 드러난 것이 어쩔 수 없는 상황이었다는 결론이다.

상대가 일부러 옷을 찢은 것도 아니고, 얇은 잠옷이다 보니까 약간의 충격에 찢어져서 젖가슴이 드러난 것이다. 그러므로 상대의 잘못이 아니다.

상대는 무슨 목적이 있어서 왔겠지만 이런 불상사가 생길 것이라고는 상상조차 하지 못한 채 젖가리개도 하지 않았던 그녀에게도 약간의 책임은 있다.

짧은 시간이었지만 월인궁주 강비(岡飛)는 그런 네 가지 생각을 두서없이 복잡하게 한 직후에 갑자기 정신이 번쩍 들었다.

상대를 어디에서 본 것 같다는 생각이 들었다. 절대십천에서 나누어 준 전신에서 본 얼굴이지만, 어디에서 본 누군지는 기억이 나지 않았다.

눈도 깜빡이지 않고 뚫어지게 쳐다보았으나 상대의 모습이 눈앞에서 삼삼할 뿐이다.

용비는 잠시 침묵을 지켰다. 상대가 분노했을 때에는 구구

한 말로 변명을 늘어놓거나 설득을 시키려는 것보다는 침묵
이 훨씬 효과적이라는 것을 경험으로 알고 있다.

과연 그의 생각대로 월인궁주의 폭발할 것 같은 분노의 표
정이 잠시 지나자 누그러졌다.

"혈도를 풀어줄 테니까 경거망동하지 마시오. 본의 아니게
더 험한 꼴을 당할 수도 있소."

강비는 암팡지게 입을 꼭 다물고 그를 쏘아보았다. 누워 있
기 때문에 눈을 거의 감다시피 내리 깔아야지만 그를 볼 수가
있다.

스으…….

그때 누워 있던 강비의 상체가 저절로 일으켜졌다. 그 바람
에 그녀는 움찔했다.

용비가 그녀의 몸에 손을 대지 않고 일으킨다는 것은 무형
지기를 발출했다는 것이다.

그것만으로도 어려운 일인데 무형지기를 자유자재로 이용
하여 물체를 잡아 일으킨다는 것은 허공섭물(虛空攝物) 그 이
상의 경지다.

조금 전 그녀의 분석이 틀렸다. 상대는 그녀보다 한 수 위
가 아니라 최소한 서너 수 위의 절정고수가 분명했다.

그녀는 잠깐 사이에 침상에 다리를 쭉 뻗은 채 앉은 자세가
되었다.

그리고는 목과 어깨, 턱에서 투둑… 하는 소리가 나더니 마혈이 풀리고 몸이 자유로워졌다.

그러나 그녀는 함부로 발작하지 않았다. 상대의 말마따나 어줍지 않은 실력으로 공격했다가는 조금 전보다 더 험한 꼴을 당할 것이 분명했다.

상대가 마혈을 풀어준 것은 선의가 분명하다. 나쁜 뜻을 품고 있다면 그러지 않았을 것이다.

그는 그것을 알아달라고 마혈을 풀어주었고 그 뜻은 제대로 강비에게 전달되었다.

그러나 아무리 좋게 생각을 해도 상대가 침입자는 침입자다. 자고로 선한 자는 오지 않고, 온 자는 선하지 않다는 옛말이 있지 않은가.

아직 어떻게 해야 이 난관을 벗어날지에 대해서 전혀 대책이 서지 않았으므로 일단 무슨 얘기를 하는지 들어보자고 생각했다.

"내가 그대의 능력이 돼주겠소."

용비는 강비를 보며 조용하고 믿음이 가는 목소리로 불쑥 말문을 열었다.

그런데 그녀가 혈도가 풀렸음에도 미처 드러난 젖가슴을 처리하지 않았기 때문에 용비는 자신도 모르게 시선이 그곳으로 향했다.

강비는 그의 시선이 가슴에 닿는 것을 발견하고 흠칫 놀라며 잊고 있던 모욕감을 느꼈다.

너무 긴장하고 있는 탓에 젖가슴이 아직도 노출되어 있다는 사실을 잊고 있었다.

그녀는 황급히 옷을 여몄으나 찢어진 옷이라 여의치 않아 두 손으로 가렸다가 그것도 어색한 것 같아서 자연스럽게 팔짱을 꼈다.

그녀의 팔짱 위로 눌린 젖가슴이 더욱 풍만하고도 육감적으로 불룩 솟아올랐다. 하지만 그녀는 그것까지는 신경 쓸 여유가 없었다.

그러고 나서야 자신이 몹시 허둥거렸다는 사실을 깨닫고 또다시 수치심을 느꼈다.

언제나 그렇지만 수치심은 분노로 이어지기에 그녀는 입술을 깨물며 용비를 노려보았다.

"후우……."

문득 용비는 한숨을 내쉬었다.

"나는 그대의 가슴에는 관심이 없소."

지금 당장 쳐 죽이고 싶은 놈이지만 그의 말이 틀리지 않다는 것을 그녀는 안다.

그녀를 겁탈할 생각이었으면 마혈을 풀어주는 짓은 하지 않았을 것이다.

“내가 조금 전에 한 말을 기억하오?”

그제야 강비는 조금 전에 그가 했던 말을 떠올리고 움찔 놀랐다. 그가 ‘능력이 돼주겠다’고 말했기 때문이다. 하지만 밑도 끝도 없는 말이라서 무슨 능력이 돼주겠다는 것인지 알 수가 없다.

“그대가 하고 싶은 것을 다 하시오.”

뜬금없는 말이다. 능력이 되어줄 테니까 하고 싶은 것을 다 하라는 뜻이다. 하지만 세상에 공짜는 없다는 진리만은 변함이 없는 법이다.

“내게 무엇을 원하지?”

그녀의 나직한 목소리는 살얼음 같았다.

“큰 것과 작은 것이 있소.”

“둘 다 말해봐라.”

대화를 할수록 강비는 점차 본래의 자신을 찾아가서 냉정해지기 시작했다.

“큰 것은 월인궁이 나를 도와주는 것이고, 작은 것은 절대십천과 손을 끊으라는 것이오.”

강비는 쓴웃음이 목구멍으로 치밀었다.

“둘 다 가당치 않아. 왜 그런지 아느냐?”

“내일 월인궁이 폐관하기 때문이오?”

“……”

강비는 움찔 놀랐다가 잠시 후에 더 놀랐다. 그녀는 대범한 성격이라서 내심을 겉으로 드러내지 않는다. 그렇기 때문에 지금 모습은 정말로 놀란 것이다.

"어… 떻게 알았지?"

원래 그녀 성격대로 한다면 이런 유치한 질문은 하지 않고 그냥 공격부터 퍼부었을 것이다.

"지금 당장 내가 능력이 돼줄 테니 그대가 하고 싶은 것을 다 하시오."

용비는 대답하지 않고 제 할 말을 했다. 지금 나누는 대화에서는 그가 월인궁이 폐관하는 것을 어떻게 알았는지 따위는 중요하지 않기 때문이다.

그는 단지 대화가 이어지기를 원했다. 그리고 강비는 그것을 알아차렸다.

"내게 알량한 자존심을 내세우거나 날 의심하는 것은 무의미하오. 나는 이 대화가 잘 됐으면 좋겠소. 그러니까 진심으로 이야기합시다."

강비는 용비의 말에 끌려 들어가고 있는 자신을 느꼈지만 개의치 않았다.

그의 말에는 마력이 깃들어 있는 것 같았다. 그리고 말의 내용에는 더 큰 마력이 담겨 있다.

"무엇을…… 해줄 수 있지?"

“그대가 원하는 것 전부.”

“돈도?”

월인궁이 가장 시급한 것이 돈이다. 당장 은자 만 냥만 있어도 폐관을 늦출 수 있다.

무엇이든지 해줄 수 있다는 사람 앞에서 돈 얘기를 꺼내는 것은 자존심하고는 상관이 없다.

십만 냥이면 폐관하지 않아도 좋을지 모른다. 돈이면 월인궁은 기사회생할 것이다.

“얼마나 필요하오?”

지난 일 년여 동안 월인궁은 궁핍의 가파른 내리막길을 빛의 속도로 굴러 떨어졌다.

현재 돈에 관한한 강비는 너무도 무력해져 있다. 그리고 돈에는 자존심마저 무너뜨릴 수 있다.

아니, 지금 이 낯선 사내 앞에서 그녀의 자존심이 여지없이 무너지고 있다.

그러나 월인궁의 폐관을 막을 수 있다면 그따위가 무에 문제가 되겠는가.

“십… 만 냥쯤…….”

그녀는 긴장한 표정으로 용비를 주시하다가 그가 고개를 끄떡이자 급히 덧붙였다.

“은자로!”

자신이 생각해도 바보 같을 정도로 크게 소리쳤으나 개의
치 않았다.

상대가 구리돈으로 십만 냥을 생각하고 있을 수 있기 때문
이다.

그가 은자 십만 냥을 줄지 아닐지는 상관하지 않는다. 지금
은 지푸라기라도 잡아야만 한다.

“금화로.”

“…….”

용비의 조용한 말에 강비는 움찔 몸이 굳었다. 자신이 뭘
잘못 들었나 하고 생각하다가 쓴웃음이 났다. ‘금화’ 라는 말
에 그녀는 냉정을 되찾았다.

속았다고 생각한 것이다. 금화로 십만 냥이면 은자로 삼백
만 냥이다.

그 정도 금액은 한창 잘나가던 시절의 월인궁이라고 해도
엄청난 거액이다.

용비에게 농락당했다는 생각이 드니까 상대가 절정고수든
뭐든 머리통을 부숴 버리고 싶었다.

그런데 용비가 거기에다 기름을 부었다.

“우선 금화로 이십만 냥이면 되겠소?”

강비는 은자 십만 냥 정도가 있으면 어떻게든 폐관을 막을
수 있겠다고 생각했다.

그런데 용비는 금화로 주겠다고 하더니 이제는 이십만 냥이라고, 그녀가 원하는 것의 두 배를 그것도 금화로 주겠다면서 아무렇지도 않게 주절거리는 것이다. 그렇다면 이건 분명한 사기다.

"이……."

강비는 온몸을 바들바들 떨면서 분노했다. 당장 은자 열 냥조차 없어서 안주도 없이 깡술을 마셔야 하는 판국에 농락을 당했다고 생각하니까 눈에 보이는 것이 없었다. 그녀는 마지막 인내의 줄이 끊어지는 것을 느꼈다.

어차피 그녀는 폐관을 앞두고 술 한 잔 마신 후에 단검으로 스스로 목을 찔러 자결하려고 했었다. 그렇게 죽으나 이놈에게 덤벼서 죽으나 죽는 건 매한가지다.

슥—

"갑시다."

그녀가 공력을 잔뜩 모으고 있는데 용비가 몸을 돌렸다.

자신을 죽이려고 하는 그녀에게 등을 보인 것이다.

"어딜 간다는 말이냐?"

그녀가 발끈 외쳤다.

"금화 이십만 냥을 주겠다고 하지 않았소? 무거운 돈을 내가 직접 들고 왔다고 생각하는 것이오? 나는 그대가 돈을 원하는지도 몰랐소."

"……."

강비는 또다시 할 말을 잃고 말았다.

"너…… 도대체 이러는 의도가 뭐냐?"

강비는 침상 가에 일어선 채 두 팔을 내리고 복잡한 표정으로 물었다.

팔을 내리니까 젖가슴이 출렁이며 드러났으나 지금은 그런 것을 간수할 정신적 여유가 없다.

용비는 그녀와 마주섰다.

"내 목적은 방금 말했소."

큰 것은 용비를 돕는 것이고, 작은 것은 절대십천과 손을 끊으라는 것이라고 용비가 말했었다.

낯선 사내가 무엇을 할지도 모르면서 무조건 돕는 것은 불가하다고 해도 철천지원수인 절대십천하고 손을 끊는 것은 끊을 필요조차 없다.

이미 그들하고는 아무런 관계도 없다. 풍운방이 만능서생과 천추문, 신룡보 잔당들을 찾기 위해서 이 일대를 검문, 수색하라고 명령했으나 그럴 여력이 없어서 여고수들을 내보내지 않은 지 이미 오래됐다.

"정말… 그것만이면 되느냐?"

"그렇소."

"절대십천하고 손을 끊기만 하면 금화 이십만 냥을 주겠다는 것이냐?”

“그렇소.”

“믿을 수가 없다.”

강비는 고개를 세차게 가로저었다. 그 말은 아무것도 하지 않아도 거저 금화 이십만 냥이 생긴다는 뜻이다. 그녀가 고개를 흔들자 한 쌍의 터질 듯이 큰 젖가슴이 고개보다 더 많이 출렁거렸다.

그녀는 자신의 가슴이 흔들리는 것을 느꼈으나 그걸 가리거나 신경 쓸 여유가 없었다.

금화 이십만 냥이 생기려는 이 순간은 그야말로 일생일대의 중요한 순간이다.

용비는 묵묵히 강비를 응시했다. 그의 성격상 구구절절이 그녀를 설득하고 싶지는 않았다.

이렇게까지 했는데도 그녀가 믿지 못하겠다면 어쩔 수가 없다. 월인궁을 손에 넣어야 하지만 이쯤에서 대화를 끝내는 것처럼 보여줘야 한다.

그래야 강비가 똥줄이 탈 것이다. 그러면 달라붙을 수밖에 없을 것이다.

“하충의빙(夏蟲疑氷).”

그가 조용하게 중얼거리자 강비는 움찔 젖가슴을 떨었다.

말인즉, 여름의 벌레는 겨울의 얼음을 믿지 않는다는 뜻이다. 여름 한철을 살다 죽는 벌레가 어찌 겨울에 얼음이 어는 오묘한 이치를 알겠느냐는 것이다. 말하자면 강비를 여름벌 레에 빗댄 것이다.

그의 한마디에 강비는 크게 깨달았다. 자신이 너무 궁핍하 다 보니까 예전의 대범함 같은 것은 송두리째 잊어버리고 무 조건 의심하는 습관이 생긴 것이다.

그렇다고 꿈에서조차 상상해 보지 못한 이런 엄청난 행운 을 그대로 믿는다는 것도 석연치 않았다.

하지만 그녀는 이미 더 이상 추락할 수 없는 수렁의 밑바닥 까지 내려와 있다.

더구나 이 낯선 사내에게 나쁜 마음이 있었다면 그녀는 이 미 이 세상 사람이 아닐 것이다.

절망에 빠진 그녀가 자결하려는 것을 이 사내가 살려주기 까지 하지 않았는가 말이다.

시쳇말로 밑져야 본전이다. 낯선 사내를 따라가서 돈을 받 으면 그야말로 호박이 넝쿨째 굴러들어온 것이고, 아니면 그 만인 것이다.

결심을 한 강비는 입술을 잘근 깨물더니 성큼성큼 문으로 걸어갔다.

"가자."

용비는 그녀의 젖가슴이 심하게 상하좌우로 출렁이는 것

을 가리키면서 미소를 지었다.

"그런 모습으로 가는 것은 좀 그렇지 않소?"

"앗!"

강비는 소스라치게 놀라 비명을 지르며 두 팔로 가슴을 끌어안았다.

그러면서 용비를 사납게 쏘아보았다. 하지만 그녀의 매서운 눈빛에는 아까처럼 증오와 원한이 담겨 있지 않았다. 사나우면서도 곱게 흘기는 듯한 기색이다.

하지만 그런 눈빛은 그녀가 지금까지 살면서 한 번도 해보지 않은 일이다.

第八十四章 준비완료

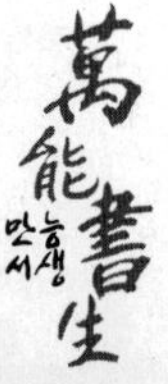

부양현에서 화봉각이 있는 서호까지 가려면 전당강 강가
에 뻗어 있는 관도를 따라서 가다가 남관구 포구에서 항주로,
역시 관도로 북상을 해야 한다.

그러나 그렇게 가면 많이 돌아가기 때문에 용비는 질러서
가는 지름길을 택했다.

지름길이라고는 하지만 무슨 길이 따로 있는 게 아니라 천
축산을 넘는 방법이다.

천축산을 넘으면 서호가 나오고 그곳 반대편에 화봉각이
있으니 거리가 절반 이상 줄어든다. 강비를 옥연에게 데려가

야 돈을 내줄 수 있는 것이다.

'말도 안 돼……'

강비는 기가 막혀서 졸도할 것만 같았다.

그녀는 단명한 부모에게서 귀재라는 소리를 귀가 따갑게 들었을 정도로 무공에 대단한 소질을 보였었다.

여북했으면 평소에 자신의 무공을 전부 내보이지 않고 삼 할 정도를 감췄겠는가.

전 대의 부모님이 그랬던 것처럼 그녀도 큰 욕심이 없었다. 그저 오 대째 내려온 삶의 터전인 부양현에서 가업과 운영하고 있는 사업들을 별 탈 없이 꾸려 나가는 정도가 욕심이라면 욕심이었다.

그래서 항주나 절강무림의 패주 다툼이나 세력다툼에 일절 개입하지 않았으며, 부양현의 월인궁주에 맞는 칠 할의 무공만으로도 어려움이 없었다.

그런 그녀가 월인궁을 출발한 이후 지금까지 죽을힘을 다해서 경공술을 전개하고 있는데도 용비의 발뒤꿈치도 따라가지 못하고 있는 것이다.

아니, 따라가는 것은 고사하고 용비는 가다 서다를 반복하면서 저만치 앞에서 그녀를 기다리고 서 있다.

강비가 보기에 그는 자기 딴에는 최대한 천천히 달리는 것 같았다.

자꾸만 뒤를 돌아보면서 천천히, 더 천천히 달리려고 애쓰는 것이 그녀 눈에도 너무 잘 보였다.

그런데도 불구하고 그녀는, 아니, 그녀의 빌어먹을 경공술은 용비에 비해서 아기가 걸음마를 하는 것 같았다.

월인궁을 출발하여 이곳 천축산 기슭까지 오는 동안 용비는 스무 번도 더 멈춰서 그녀를 기다렸다.

그래서 그녀는 이제는 도저히 그의 얼굴을 쳐다볼 수 없을 만큼 미안했다.

그녀가 누군가에게 지금처럼 미안한 감정을 가져본 것은 생전 처음 있는 일이다. 더구나 무공이 약해서라니 믿고 싶지 않은 일이다.

"하아악… 하아……."

스물 몇 번째인가 멈춰선 용비 앞에 도달한 강비는 가쁜 숨을 몰아쉬며 허리를 굽히고 할딱거렸다.

공력을 정도 이상으로 끌어올린 탓에 당장에라도 심장이 터질 것 같고 머리가 어지러웠다.

척!

그때 크게 비틀거리다가 쓰러지려는 그녀를 용비가 팔을 잡아주었다.

녹의 경장을 입은 강비는 균형을 잡고서 용비를 바라보았다. 그는 숨결이 잔잔했으며 힘든 기색조차 없이 담담한 표정을 짓고 있었다.

따라오지 못하는 강비를 스무 번도 넘게 멈춰서 기다리고 있으면 짜증이 날만도 한데 그는 싫은 기색조차 한 번도 내지 않았다.

반면에 다른 사람 같았으면 이런 상황에서는 상대에게 미안하다는 말을 수백 번은 더 했을 텐데도 강비는 한마디도 하지 않았다.

자존심 따위가 아니다. 용비에겐 월인궁에서부터 이미 자존심을 접었었다.

단지 미안함이 도가 지나치면 아예 미안하다는 말을 꺼내기도 힘든데 그녀가 지금 그런 심정이다.

"괜찮다면 내가 좀 돕고 싶소."

용비가 팔을 놓으며 말하자 그녀는 쥐구멍에라도 들어가고 싶은 심정이 되었다.

자신이 오죽 못났으면 이런 말까지 들어야 하는가라는 생각이 들었다.

어찌 됐든 그녀는 입이 열 개라도 할 말이 없다. 구워 먹든 삶아 먹든 그가 하자는 대로 맡기는 것이 민폐를 끼치지 않는 길이다.

"내가 그대를 안는 게 좋겠소? 아니면 업히겠소?"

"······."

용비가 조용히 묻자 강비는 착잡한 표정으로 대답을 하지 못했다. 이십칠 세가 되도록 사내의 손 한 번 잡아본 적이 없는 그녀다.

그런 그녀가 용비에겐 젖가슴까지 보였으며 그가 옷을 여며준답시고 만지기까지 했었다.

그래서인가. 강비는 안기느냐 업히느냐라는 그의 물음에 그다지 거부감을 느끼지 않았다.

그녀가 대답이 없자 용비는 그녀를 덥석 안았다. 한쪽 팔은 그녀의 겨드랑이에 찌르고 다른 팔은 허벅지 밑에 넣어 지푸라기처럼 가뿐하게 안았다.

슈우—

그녀를 안자마자 그는 산 위를 향해 한줄기 빛처럼 쏘아가기 시작했다.

"아아······."

그 속도가 너무 빨라서 강비는 자신도 모르게 신음 같은 탄성을 흘려냈다.

그녀는 이것이 용비가 전력으로 전개하는 경공술이라고 생각했다.

그 속도는 그녀가 죽을힘을 다해서 달리는 것보다 최소한 다섯 배 이상은 빨랐다.

이런 절세의 경공술을 펼칠 수 있는 그가 그녀를 기다리느라 가다가 쉬다가를 반복했으니 얼마나 답답했었겠는지 충분히 짐작이 갔다.

그녀는 용비 앞에 안긴 자세이기 때문에 두 팔로 그의 목을 안을 수밖에 없는 상황이다.

안지 않으면 이상한 자세가 되고 만다. 그렇다고 한쪽 팔로만 안으면 그것 역시 이상하다. 그녀는 상체가 자꾸만 바깥쪽으로 자빠지려고 하자 어쩔 수 없이 두 팔을 뻗어 그의 목을 안을 수밖에 없었다.

그랬더니 그녀의 뺨이 그의 어깨에 얹히게 되고 입술이 그의 뺨에 닿을 듯 말 듯한 자세가 되었다.

더구나 그의 한쪽 팔은 허벅지를 안고 또 다른 손은 겨드랑이 아래로 들어가 오른쪽 젖가슴의 바깥 부위를 부드럽게 감싸 잡고 있었다.

하지만 이렇게 된 것은 어쩔 수가 없었다. 누가 원한 것도 아니고 이럴 수밖에 없는 상황이었다.

이십칠 세가 되도록 사내의 손 한 번 잡아본 적이 없는 그녀이기에, 이런 기막힌 자세로 몸을 내맡긴 상황이 된 것도 처음 있는 일이다.

그러므로 이런 상황에서 자신이 어떤 반응을 보이는지에 대해서도 아는 바가 없다.

지금부터 그녀에게서 일어나는 반응은 모두 처음 경험하는 것들이다.

쿵쿵쿵쿵쿵…….

'뭐, 뭐야 이게?

갑자기 지축을 울리는 묵직한 소리에 그녀는 깜짝 놀라 눈동자를 이리저리 굴렸다.

그러나 그녀는 그게 자신의 심장이 미친 듯이 뛰는 소리라는 것을 곧 깨달았다.

'심장이 미쳤나 봐…….'

예전에는 이런 적이 한 번도 없었다. 아까 죽을힘을 다해서 경공술을 펼쳤을 때 심장이 터질 것 같았던 것하고는 근본적으로 다른 느낌이다.

그때는 심장이 터질 것 같았는데 지금은 심장이 밖으로 튀어나올 것만 같았다.

그뿐만이 아니다. 온몸의 피가 모조리 몰린 것처럼 얼굴이 뜨겁게 화끈거렸다.

또한 온몸이 녹을 것 같기도 하고 수만 마리 개미 떼가 깨무는 것 같기도 한 이상한 느낌에 휩싸였다.

그녀는 이 해괴한 현상에 혼비백산했으나 곧 그 이유를 깨달았다.

눈을 깜빡거리면서 놀라던 그녀는 자신의 반 뼘 앞에 있는 용비의 옆얼굴을 보는 순간 그토록 미친 듯이 뛰던 심장이 뚝 정지했다.

지금까지는 느끼지 못했었으나 지금 보니까 용비는 너무도 잘생긴 사내였다.

용모만이 아니다. 흐트러짐 없는 조용한 동작이나 사람을 매혹시키는 부드럽고 은은한 목소리.

요두전목(搖頭轉目). 고개를 가볍게 이리저리 흔들지도 않으며, 눈동자가 이곳저곳 두리번거리지 않는다는 것은 심성이 곧고 정기가 충만하다는 뜻이다.

강비는 용비의 옆얼굴을 꿈을 꾸는 것처럼 물끄러미 바라보면서 그를 처음 만났을 때부터 지금까지의 일들을 찬찬히 되짚어보았다.

그녀는 또 다른 의미에서 얼굴이 확 붉어졌다. 용비하고 만난 지 이제 한 시진이 조금 넘어가고 있지만, 그 사이에 참 많은 일들이 있었다.

그런데 그 많은 일들이 거반 다 그녀를 부끄럽게, 또 유치하게 만드는 일들이었다.

난생 처음 겪는 이 복잡하고 괴이쩍은 상황 속에서도 그녀는 한 가지만은 분명하게 알 수 있었다.

만난 지 한 시진밖에 안 되는 이 사내에게 반해 버렸다는 사실이다.

“여기는……?”

용비가 으리으리한 불야성(不夜城)을 이루고 있는 화봉각의 담을 날아서 넘자 여전히 그에게 안겨 있는 강비는 눈을 동그랗게 떴다.

“화봉각이오.”

돈을 주겠다면서 항주제일기루인 화봉각으로 데려온 이유를 알지 못해서 그녀는 어리둥절한 표정을 지었다.

“여긴 왜…….”

“그대에게 줄 돈이 이곳에 있소.”

두 사람이 서로 얼굴을 맞대고 말을 하자 서로의 입 냄새가 고스란히 풍겨왔다.

강비는 솔향 같은 그윽한 향기를 느꼈고, 용비는 달큰하면서도 젖내 같은 향기를 느꼈다.

“호오…….”

문득 용비가 그녀를 보며 눈을 조금 크게 떴다.

“이제 보니까 그대는 무척 아름답구려.”

“…….”

그 말을 듣는 순간 강비는 온몸이 산산이 해체되는 것 같은 부끄러움과 기쁨을 느꼈다.

정수리의 뚜껑이 열리면서 그곳으로 뇌가 방울방울 솟구

치는 듯한 느낌이다.

"몰라요……."

그녀는 한꺼번에 두 가지를 해냈다. 너무나 부끄러워 얼굴이 새빨개져서 그의 어깨에 얼굴을 묻는 여우처럼 앙큼한 행동을 취했으며, 그에게 처음으로 존대를 한 것이다.

지금 그녀가 맛보고 있는 이런 느낌, 아니, 최고의 환희와 행복감은 아마 억만금을 줘도 살 수 없을 터이다.

천봉루 옥연의 방에 들어선 용비는 강비를 내려놓고 하녀에게 물었다.

"연아는 어디에 있느냐?"

하녀는 그 자리에 무릎을 꿇고 부복하며 대답했다.

"곧 각주를 모셔 오겠어요."

용비 옆에 서 있는 강비는 소스라치게 놀랐다.

'각주? 설마 화봉각주를…….'

월인궁을 거의 벗어난 적이 없는 것으로 유명한 강비지만 화봉각주에 대한 소문은 귀에 딱지가 앉을 정도로 많이 들었다.

항주, 아니, 절강성 최고의 미녀인 항주이미의 한 사람이며, 얼굴과 몸매가 너무도 아름다워서 외미인(外美人)으로 불린다고 한다.

또한 천하에 아름다움으로 견줄 여자가 없다고 해서 무비녀(無比女)라고도 불린다는 미의 화신. 그녀가 바로 화봉각주 화봉 옥연인 것이다.

강비는 조금 전까지의 환희와 행복감이 가시고 대신 초조함이 엄습했다.

이제 보니까 그녀는 용비가 누군지 신분도 모르는 상태에서 그에게 반해 버린 것이다.

'내가 미쳤지.'

"앉읍시다."

그녀가 자신을 책망하고 있을 때 용비가 창가의 탁자를 가리키고는 먼저 앉았다.

하녀가 차를 내오려고 하자 용비는 차 대신 간단한 술상을 봐오라고 일렀다.

아까 군영과 함께 간 부양현의 주루에서는 삭월단주가 술에 취해서 하도 안겨드는 바람에 술이 코로 들어가는지 입으로 들어가는지도 몰랐었다.

이제 월인궁주 강비를 화봉각으로 데려오는 것까지 성공했으니 한시름 놓고 느긋하게 마셔볼 생각이다.

또한 아까 강비가 혼자 침상에 앉아서 깡술을 마시고 있는 것을 봤기 때문에 그녀에게 제대로 된 요리와 미주를 대접하고 싶다는 생각도 있었다.

강비는 꼿꼿하게 앉아서 극도로 긴장한 채 조심스럽게 용비를 바라보았다. 그에게 안겨서 왔으면서도 새삼스럽게 그를 관찰하려는 것이다.

용비는 물끄러미 창밖을 바라보고 있는데 이제 보니 그는 월인궁을 떠나서 이곳까지 오는 동안 거의 말을 하지 않았었다.

용비를 만난 지 이제 두 시진 남짓 되는 사이에 일이 너무 일사천리 급전직하로 진행되었다.

두 시진 전까지만 해도 강비는 스스로 자결을 하려고 할 정도로 절망에 빠져 있었는데, 지금은 마치 호랑이 등에 올라탄 상황이었다.

그러나 한 가지 분명한 것은 절망에 빠져 있던 때보다는 지금이 훨씬 낫다는 사실이다.

용비는 창밖에서 시선을 거두고 강비를 바라보았다. 시선이 마주치자 그녀는 움찔 놀라며 얼른 시선을 외면했다.

용비는 그녀가 지나치리만큼 경직되어 있는 것을 보고 좀 풀어줘야겠다고 생각했다.

"아까 말이오."

"네?"

강비는 놀라듯 의아한 표정으로 그를 바라보았다. 얼마 전까지만 해도 죽일 놈 살릴 놈 하더니 이제는 얌전한 요조숙녀가 따로 없다.

"참 괜찮았던 것 같소."

"뭐가… 말인가요?"

용비는 대답하지 않았다. 그러나 강비는 그의 시선이 자신의 가슴에 고정되어 있는 것을 보고 무슨 뜻인지 깨닫고는 얼굴이 화끈 달아올랐다.

"어머? 몰라요."

그녀는 어깨를 흔들며 도리질을 치다가 주먹으로 용비의 가슴을 두드렸다.

용비는 강비가 얼굴을 붉히면서 부끄러워하는 모습이 너무 아름답고 사랑스럽다는 생각이 들었다.

그러다가 가볍게 움찔했다. 자신과 그녀는 여덟 살이나 나이차가 나는데도 그녀를 여자로 느끼고 있다는 사실을 깨달은 것이다.

'쯧! 나라는 놈은……'

아름다운 여자만 보면 어리든 성숙한 여자든 상관하지 않고 엉큼한 생각부터 드는 자신을 발견한 것이다.

용비 덕분에 강비는 긴장이 많이 풀렸다. 그제야 그녀는 용비가 농담을 한 이유를 깨닫고 그의 자상한 배려에 새삼 고마움을 느꼈다.

"와앗! 용랑!"

그때 입구 쪽에서 예쁜 탄성이 터지더니 화려함이 극에 달한 최고급 옷을 입은 옥연이 용비를 향해 한 마리 나비처럼 팔랑팔랑 달려왔다.

강비는 깜짝 놀라 벌떡 일어섰다. 그녀는 들어선 여자가 화봉각주라고 한눈에 알아보았다.

입구 쪽에서 한 무더기의 찬란한 무지개 광채가 다가오는 듯한 착각이 들었다. 그녀가 본 화봉각주는 그토록 아름다웠다.

옥연은 반갑고도 기뻐서 숨이 넘어갈 듯한 얼굴로 달려와 앉아 있는 용비에게 폭삭 안겼다.

그의 무릎에 다리를 활짝 벌리고 마주보는 자세로 앉아서 찰싹 달라붙은 그녀는 강비가 옆에 있다는 것도 모르는 듯 그의 목을 꼭 끌어안고는 마구 입맞춤을 하고 뺨을 비비느라 정신이 없었다.

"보고 싶어서 죽는 줄 알았어요! 왜 이렇게 늦은 거예요! 천첩이 용랑 보고 싶어서 죽는 꼴을 보고 싶으셨어요?"

용비는 이런 경우가 처음이다. 수진랑과 한정은 용비를 구개월 만에 만나도 그저 조용히 눈물을 흘리거나 살며시 안겨오는 정도가 전부다.

그런데 옥연은 불과 한나절 남짓 떨어졌다가 만나는 것뿐인데도 광분을 할 정도로 반갑다면서 온갖 오두방정을 떨고 있다.

하지만 용비는 그녀가 그러는 것이 그다지 싫지 않았다. 아니, 싫은 것보다는 옥연의 이런 점이 귀엽고 사랑스러워 흐뭇했다. 아마도 그가 외롭게 성장해서 정에 굶주렸기 때문일 것이다.

그는 옥연의 탱탱하고 풍만한 궁둥이를 두드리며 유쾌하게 웃었다.

"하하하! 손님 앞에서 어리광이냐?"

"아잉! 늦게 오셔서 천첩의 애를 태우신 벌로 천첩을 하루 종일 안아주셔야 해요."

옥연의 실제 나이는 용비보다 두 살 연상인데도 막내 누이동생처럼 굴었다.

그녀는 눈썰미가 좋은 사람이 자세히 들여다봐도 십육칠 세 남짓밖에는 보이지 않을 정도로 앳되다.

강비는 제정신이 아니다. 천하의 화봉각주가 용비에게 하는 행동은 강비를 크게 놀라게 했다. 더구나 화봉각주는 자신을 '천첩' 이라고 칭했다. 그것은 그녀가 용비의 부인이거나 그의 여자라는 뜻이 아닌가.

원래 강비는 자신의 외모에 대해서 상당한 자부심을 지니고 있었으나 옥연을 보는 순간 의기소침해졌다. 자신의 아름다움이라는 것이 옥연에 비하면 월광과 반딧불이의 차이가

난다고 여긴 것이다.

그러나 본디 무엇이 진정한 아름다움이라고 정의가 내려진 바는 없다.

무릇 사람들은 누가 제일 아름답고 두 번째 세 번째가 누구라는 식으로 평가를 내리는데, 그것은 객관적이며 상식적인 아름다움의 기준이 된다.

그러나 진정한 아름다움이란 사랑하는 남자가 자신의 여자를 바라보는 시각이 아니겠는가.

만약 월인궁주 강비가 금화 이십만 냥을 받는다면 용비의 미끼를 무는 셈이다.

용비는 무턱대고 그런 제안을 한 것이 아니다. 월인궁주와 현재 월인궁이 처해 있는 상황에 대해서 군영과 연충의 보고를 자세히 듣고 나름대로 현명한 결정을 내린 것이다.

그의 짐작이 맞는다면 강비는 절대 함부로 남의 돈을 덥석 받을 여자가 아니다.

그러나 만약 받는다면 거기에 따른 대가를 치르려고 할 것이 분명하다.

세상에 누가 공짜로 금화 이십만 냥, 즉 은자 육백만 냥이라는 거금을 선뜻 내놓겠는가.

그걸 짐작하면서도 그녀가 받는다면 그만한 각오를 할 것이라는 뜻이다.

그녀가 그 돈을 꿀꺽 삼키고 그 다음부터 용비를 나 몰라라 하는 일은 없을 것이다.

그녀는 그런 성격이 못 된다. 만에 하나 그런 일이 벌어진 다면 그녀 성격상 평생 무거운 마음의 짐을 진 채 살게 될 것이다.

탁자 앞에 앉은 강비는 자신의 옆 바닥에 뚜껑이 활짝 열린 상태로 놓여 있는 하나의 철궤를 굽어보고 있다.

커다란 철궤 안에는 누렇게 번쩍이는 금화가 가득 담겨 있었다.

세어보지 않아도 금화 이십만 냥이라는 사실을 한눈에 알 수 있다.

지금까지 살아오면서 이렇게 큰 거금을 한 번도 본 적이 없는 강비는 눈을 동그랗게 뜬 채 반짝이는 금화에서 시선을 떼지 못했다.

그녀는 용비가 금화 이십만 냥을 주겠다는 말을 믿었기에 여기까지 따라왔던 것이다.

그렇지만 막상 금화 이십만 냥을 눈앞에서 보자 믿어지지 않는다는 표정을 지었다.

용비의 말을 믿었으면서도 그것이 현실로 드러나니까 믿을 수 없다는 모순인 것이다.

강비는 오랫동안 철궤 안의 금화에서 시선을 떼지 못했다. 저것만 있으면 월인궁이 다시 부활할 수 있을 것이며, 부양현에서 자신들을 괴롭히는 뇌룡문 등 여러 잡다한 방파들을 쳐부술 수도 있을 것이라는 자신감이 생겼다.

그녀는 그들을 물리치고 예전 부양현의 패권을 되찾는 것까지만 생각하기로 했다.

그 다음에는 풍운방과 절대십천을 상대할 일이 남았으나 그것은 그때 가서 생각하는 것이 좋다.

지금은 그것까지 미리 걱정하는 것이 너무 벅차다. 더구나 그것을 생각하면 눈앞이 캄캄해지기 때문에 오히려 방해가 될 뿐이다.

"이것을 정말 주는 건가요?"

강비는 놀라고도 감격한 표정으로 철궤에서 시선을 거두고 앞쪽에 앉아 있는 용비를 바라보았다.

용비는 가볍게 고개를 끄떡였다.

"그렇소. 조건은 아까 말한 그대로요."

즉, 절대십천하고 관계를 끊으면 된다는 것이다.

"그렇지만……."

그건 쉽고 말고 할 것도 없다. 원래 월인궁은 절대십천하고는 직접적인 관계 따윈 없었다.

절대십천의 명령을 풍운방이 월인궁에 하달했으므로 간접

적인 관계만 있었을 뿐이다.

"한 가지 더."

용비가 조용한 목소리로 말을 잇자 강비는 바짝 긴장했다. 마침내 그가 본색을 드러내 진짜 조건을 말하는 것이라는 생각이 들었다.

"나는 조만간 풍운방과 항주에 있는 절대십천 세력을 소탕할 생각이오."

"……."

순간 강비는 자신이 무얼 잘못 들었다고 생각했다. 용비의 말은 그 정도로 큰 충격을 던져주었다.

그의 말대로 된다면 월인궁은 그야말로 가만히 앉아서 횡재를 하는 것이다.

하지만 풍운방과 항주의 절대십천 세력은 그렇게 말처럼 쉽사리 소탕할 수 있는 것이 아니다.

그렇지만 그 말을 하고 있는 사람이 누구냐에 따라서 의미가 다르다.

용비는 강비에게 금화 이십만 냥을 주겠다고 했으며 그 약속을 지켰다.

그리고는 지금 또다시 풍운방과 항주의 절대십천 세력을 소탕하겠다고 말했으며, 그 말도 지켜질 가능성이 크다.

만약 그렇게 된다면 월인궁으로서는 기쁨의 눈물을 흘리

면서 덩실덩실 춤을 출 일이다. 그야말로 불감청(不敢請)이지
만 고소원(固所願)이 아닌가.

용비를 만나고 나서 계속 느끼고 있는 것이지만, 도대체 신
비하기 짝이 없는 사람이다.

그런데 누군지도 모르는 낯선 사내에게 엄청난 도움을 받
았으며 또 받을 것이고, 또 그를 사랑하게 되었다.

어이없는 일이고 예전에는 상상조차 못했던 일이다. 만난
지 하루도 안 되는 사내를 사랑하게 되다니, 남자를 벌레보다
못한 존재로 여기던 천하의 강비가 말이다.

더구나 용비는 화봉각주라는 엄청난 여자를 거느리고 있
다. 그런데도 강비는 한번 시작된 이 무지막지한 열병 같은
사랑을 거둘 수가 없다.

"그러면 월인궁은 안전해질 것이오."

그렇게 말하면서 용비는 엷은 미소를 지었다. 강비는 그를
만난 이후 미소를 처음 본다는 생각이 들었다. 그런데 그의
미소가 너무 싱그럽고 감미로워서 그걸 본 강비는 가슴에서
눈물이 흐르는 것만 같았다.

결과적으로 그는 월인궁에 금화 이십만 냥을 주고 또 풍운
방과 항주의 절대십천 세력을 소탕해 준다는 것이다.

그러면서도 월인궁이 할 일은 아무것도 없다. 그저 돈을 받
고 가만히 있으면 된다.

강비는 지금 자신에게 벌어지는 상황을 고스란히 믿을 만큼 바보가 아니다.

용비가, 아니, 낯선 남자가 그런 엄청난 은혜를 베풀면서 아무것도 원하지 않을 리가 없는 것이다. 그러므로 재확인이 필요하다.

"내게… 무얼 원하죠?"

"말했잖소? 절대십천과 관계를 끊으면 된다고."

용비는 정말로 월인궁에 더 이상 바라는 것이 없는 것 같았다. 그렇더라도 강비는 마음이 편하지 않았다.

"당신에게 풍운방과 항주의 절대십천 세력을 소탕할 능력이 있나요?"

당연한 질문이다.

"충분하오."

그러나 강비는 쉽게 믿지 못했다.

"어떻게 충분하죠? 그들은……."

"여의신벌이 그들을 소탕할 것이오."

강비는 본론에 접근하고 있다는 생각에 입술이 바싹 말랐다. 그러나 여의신벌이라는 세력은 한 번도 들은 적이 없다.

"여의신벌이 뭔가요?"

"천추문과 신룡보, 나부파 도사들이 주축이고 홍의검문이 외부에서 돕기로 했소."

“아…….”

강비는 놀라서 눈을 휘둥그렇게 떴다. 풍운방, 월인궁과 더불어서 항주삼세를 이루고 있는 홍의검문이 돕기로 했다는 것이다.

“그게 정말인가요?”

“그렇소.”

“천추문은 절대십천과 풍운방에 의해서 멸문당한 것으로 아는데 어떻게…….”

“그들은 예전보다 더 강해졌소.”

강비는 반신반의하면서도 용비의 말을 믿을 수 있을 것 같다는 생각이 들었다. 믿지 못할 이유가 없다.

“내가 앞장서고 여의신벌 휘하의 천추문과 신룡보, 나부파가 주축이 되어 절대십천과 풍운방을 급습할 것이오. 그리고 홍의검문이 돕기로 약속했소.”

“아…….”

강비는 계속되는 놀라움에 탄성만 흘릴 뿐이다.

“그러니까 월인궁은 가만히 있으면 되오.”

“그럴 수 없어요.”

강비는 발끈했다. 천추문과 신룡보, 홍의검문 과거 항주삼세가 일제히 봉기하여 풍운방과 항주의 절대십천을 친다고 하는데 월인궁이 구경만 할 수는 없는 일이라고 그녀는 생각했다.

"우리도 가담하게 해줘요."

풍운방과 항주의 절대십천에게 원한이 있다면 월인궁도 다른 항주삼세에 못지않다.

"부탁이에요. 우리도 끼게 해줘요."

용비는 난색을 표했다.

"월인궁은 현재 상황이 좋지 않을 텐데……."

강비는 목과 이마에 핏대를 올렸다.

"무슨 소리에요? 본 궁의 수하들은 밥만 든든하게 먹여놓으면 펄펄 날아다닐 거예요!"

그녀는 용비의 표정을 살폈다.

"절대로 거사에 피해를 입히지는 않을 거예요. 조금이라도 보탬이 되겠어요. 그러니까 제발 우리도 그놈들에게 복수를 할 수 있게 해주세요, 네?"

그녀는 간절하게 용비를 바라보았다. 복수도 복수지만 만약 거사가 성공하여 항주의 질서가 재편성되면 아무것도 하지 않은 월인궁은 크게 불이익을 당할 것이 분명하다.

그것을 몰랐으면 모르지만 알게 된 이상 가만히 앉아 있을 수는 없는 것이다.

월인궁이 궁핍의 바닥에서 허우적거리고 있을 때에는, 영해향진(影駭響震), 이상한 그림자만 봐도 놀라고 무슨 소리만

들어도 떨었으나 지금은 아니다.

　은자 육백만 냥이 하늘에서 뚝 떨어졌으며, 여의신벌이라
는 든든한 동지가 생겼다.

　이런 상황에서도 월인궁이 망설이고 있다면 세상 모든 사
람들이 비웃을 것이다.

　강비는 얼마나 다급하고 간절했으면 자신도 모르는 사이
에 두 손까지 모으고 있었다.

　그러다가 그녀는 문득 맞은편에 나란히 앉아 있는 용비와
옥연이 빙그레 미소 짓고 있는 것을 보고 의아한 생각이 들었
다.

　"왜……."

　"그러게 처음부터 큰 것을 하겠다고 하지 그랬소?"

　"큰 것… 아!"

　월인궁에서 용비는 돈을 주겠다면서 그 조건으로 큰 것과
작은 것이 있다고 말했었다.

　큰 것은 자신을 돕는 것이고 작은 것은 절대십천과 인연을
끊는 것이라고 했다.

　"그럼… 당신을 돕는다는 것이 이것이었나요?"

　"그렇소."

　강비는 놀라면서도 어이없는 표정을 지었다.

　"그렇다면 진작 말할 것이지……."

용비는 싱그럽게 웃었다.

"하하… 그때는 그럴 상황이 아니었소."

강비는 문득 그 당시의 생각이 나서 얼굴이 확 붉어졌다.

젖가슴 한 쌍을 드러내고 출렁거리면서 용비를 죽이겠다고 이를 드러냈던 자신의 모습이 생각난 것이다.

결국 용비는 월인궁을 포섭하는데 성공했다. 하지만 처음부터 큰 것을 요구했으면 무조건 실패했을 것이다.

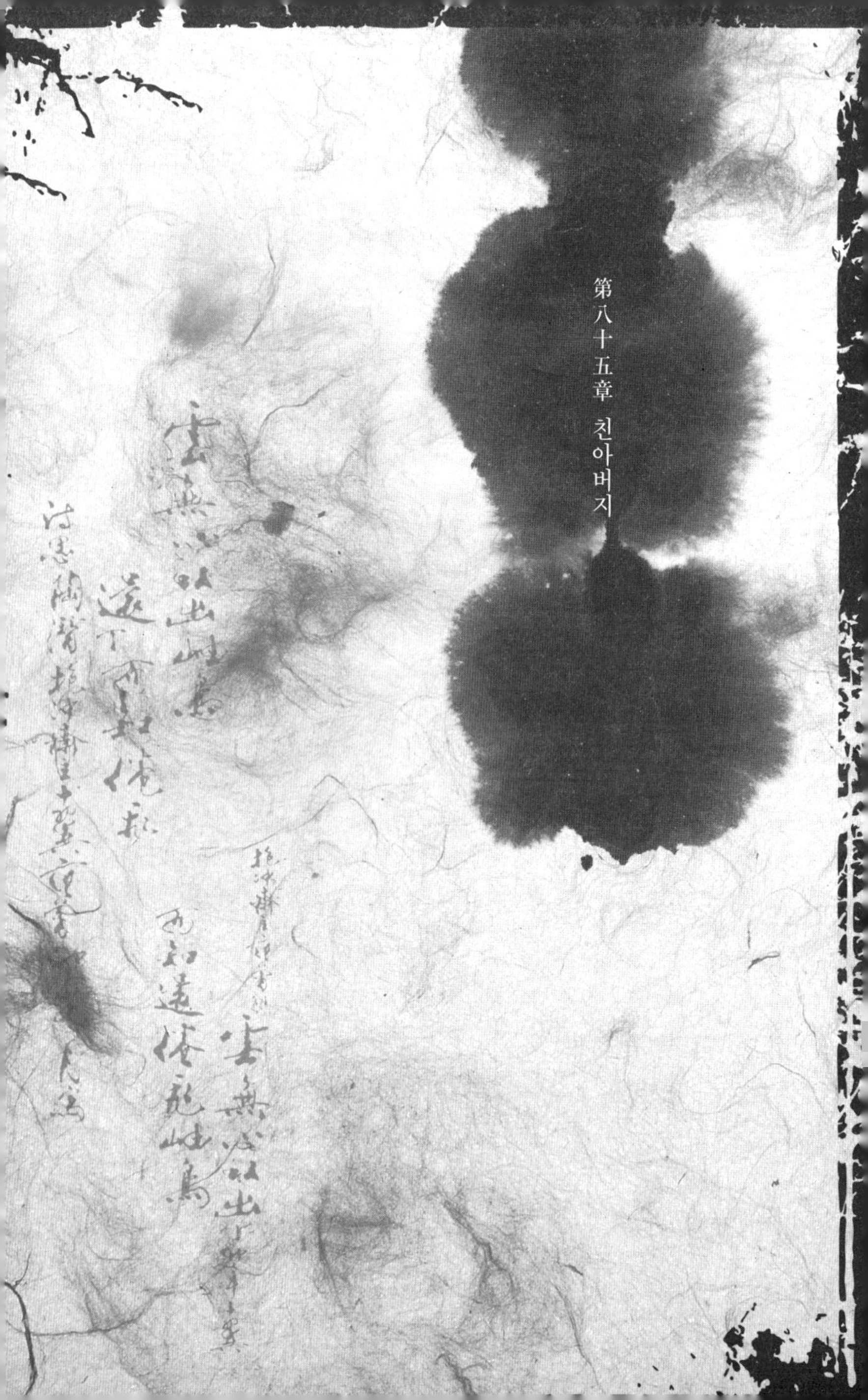
第八十五章 친아버지

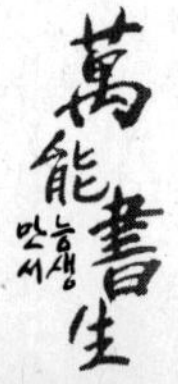

용비는 화봉각 천봉루 옥연의 거처에서 두 번째 밤을 보내
고 있다.

옥연은 신바람이 났다. 처음 그에게 순결을 바칠 때에는 너
무 긴장하고 두려워서 화봉각 제일 기녀인 아가를 방패막이
로 세웠었지만, 지금은 용비하고 자는 것을 자기가 더 좋아하
게 되었다.

용비가 아가를 부르라고 하자 옥연은 추호의 망설임도 없
이 그녀를 불러왔다.

옥연은 애당초 질투 같은 것을 아예 모르는 여자다. 오히려

그녀는 아가와 함께 또다시 용비를 모시게 됐다면서 궁둥이를 들썩거리면서 좋아했다.

그런 것을 보면 참 티 없이 해맑은 여자다. 용비는 그녀가 매우 까다롭고 가식덩어리이며 속과 겉이 다를 것이라고 나쁘게만 생각했었다.

그런데 막상 껍질을 벗겨보니까 천하에 이런 여자는 다시 없을 정도로 착하고 명랑하며 해맑았다.

그러나 오늘 밤에 즐겁지 못한 여자가 한 명 있다. 천봉루에서 묵게 된 월인궁주 강비다.

그녀는 아까 용비, 옥연과 함께 술을 꽤 마셨다. 풍운방과 항주의 절대십천 세력을 공격하는 거사에 월인궁이 가담해도 좋다는 용비의 허락이 떨어지자 그녀는 너무 기뻐서 평소 주량보다 훨씬 더 마셨다. 거의 폭음 수준이었다.

그래서 금화 이십만 냥을 갖고 월인궁으로 돌아가지 못하게 되었다.

아니, 꼭 술을 마셔서가 아니라 그녀가 돈이 든 커다란 철궤를 들고 밤거리로 나서 월인궁으로 돌아가는 것은 위험하기 짝이 없는 일이다.

풍운방과 그에 호응하는 방, 문파들이 항주 성 안팎을 낮보다 더 삼엄하게 지키고 있기 때문이다.

화봉각에 올 때 용비는 그녀를 안고 거의 훨훨 날다시피 하며 감시망을 완벽하게 피했었다.

하지만 강비는 혼자서 월인궁으로 돌아갈 때 그럴 자신도 실력도 없다. 그런 사실을 스스로가 더 잘 알기 때문에 술이 취한 상태에서도 철궤를 갖고 돌아갈 엄두가 나지 않은 것이다.

그래서 옥연은 내일 아침에 돈과 강비를 완벽하게 위장을 시켜서 보내주겠다고 말했다.

하지만 지금 강비를 괴롭히고 있는 것은 술 때문도 월인궁에 돌아가지 못하는 것 때문도 아니다.

"아아… 으헉헉! 아으아악!"

그리 멀지 않은 방에서 들려오는 괴성 같은 여자들의 신음소리 때문이다.

강비는 그 소리가 무엇인지 안다. 용비가 옥연과 아가 두 여자하고 격렬하게 정사를 나누고 있는 소리다. 그것은 정사가 아니라 용비가 장시간에 걸쳐서 두 여자를 죽이는 소리 같았다.

물론 강비는 순결한 몸이다. 그녀는 이날까지 남자를 사귀어본 적도 연애를 목적으로 만난 적도 없었다.

월인궁은 여자들로만 이루어졌으나 남자를 사귀는 일이나 혼인을 못하게 막지는 않는다. 단지 월인궁 내의 모든 일을 여자들이 꾸려 나가고 있을 뿐이다.

강비는 어린 나이에 부모의 갑작스런 죽음으로 월인궁주의 지위에 올랐었다.

그래서 월인궁을 이끌어 나가느라 그 흔한 연애 한번 해볼 여유도 없었으며 남자에게 관심 자체가 없었다.

그랬었는데 오늘, 아니, 어젯밤에 처음 만난 남자를 대책도 없이 사랑하게 되었다.

그리고 그 남자가 자신의 두 여자와 함께 옆방에서 진한 사랑을 나누는 소리를 가감 없이 들으며 그녀는 괴로워서 몸부림을 치고 있는 것이다.

*　　　*　　　*

다음날 아침.

와관포구에 한 척의 중간급 배가 들어와 접안을 했다.

별다른 특색이 없는 평범한 배인데 두 명의 뱃사람과 한 명의 경장 고수 외에는 아무도 보이지 않았다.

그런데 한 명의 경장 고수는 다름 아닌 화봉각의 부기주 연충이었다.

그는 오늘 매우 특별한 임무를 띠고 와관포구, 아니, 여의신벌에 온 것이다.

이 배는 옥반양 바다에서 조아강으로 들어서면서부터 여의신벌의 감시를 당하고 있었다.

그러나 용비가 직접 적어준 친서를 지니고 있는 연충이 그것을 보여주자 감시가 호위로 바뀌어 와관포구까지 무사히 당도했다.

포구에는 여러 사람이 나와서 대기하고 있었다. 한정과 수진랑, 그리고 한성림과 추여정, 한무군을 비롯한 천추문 사람이 많이 나와 있었다.

연충이 천추문 생존자들과 가족들을 데리고 온다는 전갈을 받은 것이다.

연충이 신호를 보내자 배의 갑판 아래 선창에 숨어 있던 수십 명이 한두 명씩 조심스럽게 갑판으로 올라왔다.

그들의 수는 줄잡아 사십여 명에 달했으며 갑판으로 나와 두려워하면서도 조심스럽게 주위를 두리번거렸다.

그들 중에는 청장년도 있으나 대부분 나이든 남녀와 어린 소년소녀, 그리고 젖먹이였다.

그때 갑판의 청장년들, 즉 천추문 제자와 무사들이 포구에 모여 서 있는 한정과 한성림 등을 발견하고 크게 놀라며 또 더없이 반가운 표정을 지었다.

한무군이 눈물을 펑펑 흘리면서 그들에게 달려오며 두 팔을 활짝 벌려 맞이했다.

"모두들 잘 왔소! 어서 오시오!"

생존자들은 한성림을 향해 일제히 무릎을 꿇고 머리를 조아리며 흐느끼면서 외쳤다.

"문주를 뵈옵니다!"

한성림과 추여정, 한무군 등 천추문 사람은 우르르 그들에게 달려가서 일일이 부축하여 일으켰다.

한성림 등은 생존자들을 얼싸안고 눈물을 흘리며 맞이했다.

"고생을 시켜서 정말 미안하다……."

"아닙니다… 저희가 죄송합니다… 크흑흑……!"

와관포구는 상봉의 눈물바다가 되었다.

천추문 생존자들을 태우고 와관포구에 도착했던 배는 잠시 후에 다시 화봉각으로 출발했다.

화봉각으로 돌아가는 그 배에는 한정과 수진랑, 낙혼, 반아미, 그리고 예전 천추문 시절에 천추호위대 대장이었던 뇌웅이 타고 있다.

천추호위대는 여의호위대로 새롭게 부활하여 좌우군주인 한정과 수진랑 직속에 있다.

지금도 여의호위대 열 명이 한정과 수진랑을 호위하기 위해서 이 배에 동승하고 있다.

"그분은 잘 계신가요?"

수면 위를 미끄러지고 있는 배의 앞쪽 갑판에 서서 맞바람에 머리카락과 옷자락을 날리면서 한정이 조용한 목소리로 물었다.

뒤쪽에 호위하듯이 서 있던 연충은 공손히 대답했다.

"주군께선 강녕하십니다."

그는 며칠 전까지만 해도 용비와 호형하며 반쯤은 친구처럼 지냈으나 지금은 깍듯하게 주군으로 섬기고 있다.

"그분이 화봉하고 잤느냐?"

수진랑이 직설적으로 불쑥 묻자 그 옆에 서 있던 한정은 깜짝 놀라 얼굴을 붉혔다.

연충은 당황하더니 망설이듯 대답했다.

"두 분께서 동침하신 것으로 알고 있습니다."

"흠, 그래?"

수진랑은 팔짱을 낀 채 고개를 끄떡였다.

그녀 옆에 서 있던 반아미는 용비가 화봉 옥연하고 동침했다는 말에 적잖이 놀랐으나 내색하지 않으려고 애썼다.

수진랑이 그걸 묻는 것을 보면 그녀와 한정은 이미 알고 있었다는 뜻이다.

거기에는 뭔가 사연이 있는 것 같았으나 어째서 한정과 수진랑이 용비가 화봉과 동침하는데도 괜찮은 것인지 짐작조차

하기 어려웠다.

반아미는 자신이 용비의 부인이라면 절대로 용서할 수 없을 것이라고 생각했다.

이 배에 반아미와 낙혼, 여의호위대장 뇌웅이 타고 있는 이유는 그들이 수진랑과 함께 용비의 네 명의 제자로 뽑혔기 때문이다.

용비는 며칠 전에 한성림과 반대운, 청허자, 철장신개에게 여의신벌 내에서 자질이 가장 우수한 네 명을 뽑아달라고 부탁했었다.

그래서 한성림 등은 여의신벌 전체 신분의 고하를 막론하고 모두를 냉정하게 심사하여 네 명을 선발했다. 그들이 바로 수진랑과 반아미, 낙혼, 뇌웅이다.

용비는 하루라도 빨리 그들에게 만절사신공을 가르치려고 화봉각으로 부른 것이다.

한정과 반아미, 연충의 귀에 수진랑이 중얼거리는 소리가 들렸다.

"그이가 앞으로도 한동안 화봉각에 머물 거라 이거지?"

슬슬 질투에 눈을 뜨기 시작한 그녀다.

*　　*　　*

용비는 실로 오랜만에 늦은 아침까지 푹 자서 심신이 날아갈 듯 상쾌했다.

똑바로 누워 있는 그의 양옆에 옥연과 아가가 팔베개를 하고 그에게 찰싹 달라붙어 있다.

늘씬하고 풍만한 옥연과 가녀리면서도 자그마한 아가는 그의 몸을 만지작거리고 쓰다듬으면서 더할 수 없이 행복한 표정을 짓고 있다.

세 사람은 동이 트기 얼마 전까지 거의 이성을 잃고 서로의 몸을 탐닉했었다.

지난밤은 첫 번째 하고는 사뭇 달랐다. 세 사람은 서로의 몸에 대해서 매우 잘 알고 있는 듯 거침없이, 그리고 능숙하게 번갈아 가면서 정사를 벌였다.

용비는 허실과 한정, 수진랑하고 정사를 해봤지만 각각 다른 기분이었다.

허실하고는 서로 한 몸인 듯 빠져들었으며, 한정하고는 좋은 술을 아껴 먹는 것 같았고, 수진랑하고는 침묵 속에서 거칠게 서로의 몸을 짓밟았었다.

그런데 옥연과 아가하고는 전혀 또 다른 상황이었다. 그것은 한마디로 광란이라고 표현해야 마땅하다. 그녀들은 용비가 원하는 것이라면, 그리고 좋아하는 것이라면 무엇이라도 망설이지 않고 행동했다.

그래서 그녀들과 정사를 벌일 때 용비는 모든 것을 다 잊고 그 행위에만 흠뻑 취해 있을 수 있었다.

"용랑."

두 여자가 그의 음경을 서로 만지려고 암투를 벌이는 중에 옥연이 코 먹은 소리로 그를 부르고는 대답을 기다리지도 않고 말을 이었다.

"드릴 말씀이 있어요."

용비는 긴 팔을 뻗어서 그녀의 둔부를 쓰다듬는 것으로 대답을 대신했다.

"사실 천첩은 예전에 용랑에 대해서 조사를 했었어요."

용비가 사우당을 이끌 무렵에 옥연하고 거래를 했으니까 그에 대해서 조사를 하는 것은 당연했다. 그녀가 새삼스럽게 그 말을 꺼내는 것을 보면 용비가 모르고 있는 새로운 내용이 있는 것 같았다.

"혹시 용랑께선 친부에 대해서 아시나요?"

"……!"

옥연의 말에 용비의 몸이 단단하게 경직됐다. 친부라니, 친아버지라는 뜻이 아닌가.

그는 아버지가 누군지 전혀 모른다. 철이 들고 나서 몇 번인가 어머니 미령에게 친아버지에 대해서 물은 적이 있었으나 그때마다 미령은 자신은 기녀의 몸으로 여러 남자를 상대

했었기 때문에 자신을 임신시킨 남자가 누군지 모른다는 말
만 되풀이했었다.

용비는 그녀의 말이 충분히 일리가 있다고 생각했다. 기녀
가 아기를 낳는 경우는 비일비재하지만 대부분 아비 없는 자
식들이다.

그런데 추호도 생각하지 않았던 옥연의 입에서 용비의 친
아버지 얘기가 나온 것이다.

용비는 깜짝 놀랐다가 곧 냉정해졌다. 아버지라는 존재는
그에게 별다른 의미가 없기 때문이다.

기루에 술을 마시러 와서 한낱 기녀인 어머니와 하룻밤 쾌
락을 즐기다가 그녀의 자궁에 정액을 방출한 스쳐 지나간 사
내일 뿐이다.

"천첩이 용랑에 대해서 조사를 하다가 우연히 용랑의 친부
에 대해서 알게 됐어요."

용비는 누운 채 고개를 가로저었다.

"불가능하다."

그는 잘라서 말했다.

"이십여 년 전에 용랑의 어머님께서는 한 남자를 몹시 사
랑하셨어요. 그녀는 그 남자에게 정절을 지키려고 몇 년 동안
일체 다른 손님과 동침하지 않았다고 해요."

옥연의 말이 사실이라면 그녀가 용비의 친부에 대해서 알

아내는 것은 가능했을지도 모른다.

  그 당시에 용비 어머니가 몸담고 있었던 기루를 추적하면
될 일이다. 하지만 용비는 친아버지에 대해서 알아내려고 시
도하지도 않았었다. 애당초 불가능한 일이라고 여겼었기 때
문이다.

  그래서인지 용비는 마치 타인의 신세에 대해서 듣는 것처
럼 시큰둥했다.

  "그분이 누군지 말씀드릴까요?"

  "말해봐라."

  그래서 옥연이 말해주겠다는데도 대수롭지 않게 대꾸했
다. 진짜 그는 친부가 누군지 조금도 궁금하지 않았다. 그저
알고나 있자는 생각이었다.

  옥연은 음경을 아가에게 양보하고 그의 가슴을 부드럽게
쓰다듬으며 소곤거렸다.

  "풍운방의 무술교두(劍術敎頭)인 정운학(鄭雲鶴)이라는 사
람이에요."

  "풍운방?"

  용비는 자신도 모르게 흠칫하면서 중얼거리고는 슬쩍 눈
살을 찌푸렸다.

  친부가 하필이면 절대십천의 앞잡이 노릇을 하고 있는 풍
운방 사람이라니 전혀 뜻밖이었다.

그러나 그는 옥연에게 정말이냐고 확인하지 않았다. 그녀의 정보는 언제나 확실했다. 더구나 용비에 대한 정보인데 틀릴 리가 없다.

'정운학이라……'

한 번도 들어본 적이 없는 생소한 이름이다. 풍운방에서 무술교두를 하고 있다면 졸개는 아니다. 어느 방, 문파라고 해도 무술교두는 당주나 단주보다는 아래, 향주보다는 위의 지위에 속한다.

용비의 아버지라면 최소 사십대일 텐데 그 나이에 무술교두라면 어지간히 무술에는 자질이 없는가보다.

"이 사실은 아무에게도 말하지 마라."

"네."

잠시 후에 용비는 그렇게 한마디하고는 더 이상 친부에 대해서는 언급하지도 생각하지도 않았다.

어느새 용비의 하체 쪽으로 내려간 아가가 그것을 단단하게 만들었다.

용비는 갑자기 옥연을 찍어 누르며 그녀의 나신 위에 몸을 실었다.

"앗!"

그리고는 지난밤보다 더욱 거칠게 그녀를 짓밟기 시작했다. 마치 왜 친아버지 따위 쓸데없는 말을 했느냐고 벌을 주는 것 같았다.

＊　　　＊　　　＊

용비는 남관구 포구에서 강비와 헤어진 후 전당강을 건너 임포 거리로 들어서고 있었다.

그의 외모는 하루가 다르게 변모하고 있는 중이다. 일 년 전의 그는 아직 소년티가 나는 앳된 모습이 남아 있었으나 지금은 헌앙한 청년이 되었다.

키와 체구가 건장해졌을 뿐만 아니라 온몸에서 뿜어지는 기도는 신선하고도 고결했다.

또한 은은한 서기가 서려 있어서 예전하고는 또 다른 의미 때문에 사람들이 함부로 범접하지 못했다.

그가 임포를 다시 찾은 이유는 허실의 최측근 심복수하인 금은쌍매을 거두기 위해서다.

딱히 그녀들이 필요하기 때문이 아니다. 자신이 그토록 소중하게 여기고 또한 너무 그리워서 눈물이 날 정도인 허실의 심복수하들을 객지에서 고생시키는 것이 도리가 아니라고 생각했기 때문이다.

차륵…….

그가 주루를 찾은 시각은 정오 무렵이라서 매우 붐빌 줄 알았는데 사정은 전혀 딴판이었다.

주루 안은 텅 비어 있었다. 아니, 한복판의 탁자 하나에만 두 사람이 마주보고 앉아서 술을 마시고 있을 뿐 을씨년스러울 정도로 조용했다.

그런데 거기에 앉아 있는 두 사람도 손님이 아니었다. 바로 금은쌍매가 마주보는 자세로 앉아서 고개를 푹 숙인 채 술을 마시고 있었다.

용비는 그녀들이 금은쌍매라는 것을 한눈에 알아보았으나 그녀들은 이미 술이 많이 취한데다 고개를 숙이고 있어서 그를 알아보지 못했다.

그가 둘러보니 주방과 회계대 사이의 좁은 통로에 주루 주인과 점소이 둘이 나란히 서서 두려움에 떠는 표정으로 용비를 쳐다보았다.

그들은 얻어터졌는지 얼굴이 밟아놓은 만두처럼 변했고 코와 입에서 피를 질질 흘리고 있었다.

주루 주인은 용비에게 손을 휘저으며 경을 치기 전에 어서 나가라는 시늉을 해보였다.

"오늘 장사 안 한다⋯! 어서 꺼져라!"

그때 주루 입구를 등지고 앉은 은매가 술이 매우 취한 목소리로 건들거리며 말했다.

용비는 한눈에 어떻게 된 상황인지 알아보았다. 금은쌍매가 주루를 개점휴업 상태로 만들어놓고는 자기들끼리 술을 퍼마시고 있는 것이다.

주루 주인과 점소이 등은 그녀들이 무림고수라는 사실을 전혀 모르고 채용해서 지금껏 일을 시키고 있다가 오늘에서야 뼈아픈 대가를 치르고 알게 되었다.

저벅저벅.

용비는 주루 주인의 만류와 은매의 축객에도 불구하고 오히려 그녀들에게 성큼성큼 걸어갔다.

주루 주인과 점소이는 사색이 되어 미친 듯이 손을 마구 저었으나 용비는 보지 못한 듯 계속 걸어갔다.

"딸꾹! 어떤 놈인지 한 발만 더 옮기면 기어서 나가게 해주겠다……. 끄윽!"

몹시 취한 은매는 술잔을 쥐고 상체를 흐느적거리면서 엄포를 놓았다.

아니, 그것은 엄포로만 끝나지 않을 터이다. 주루가 텅 비어 있고 주루 주인과 점소이들 몰골로 봐서는 들어오는 손님들을 금은쌍매가 두들겨 패서 내쫓은 것이 분명했다.

금매는 또 애꿎은 사람이 다칠까봐 좋게 내보내려고 취한 몸을 꼿꼿하게 세우려고 애쓰며 고개를 들었다.

"아……."

그러다가 몇 걸음 앞에서 걸어오고 있는 용비를 발견하고
멍한 얼굴이 되었다.

"주군……."

"주군은 무슨 얼어 죽을…… 딸꾹! 그놈 자식 내 눈에 띄기
만 하면 비 오는 날에 먼지가 나도록 두들겨 패줄 거야…! 나
쁜 자식……."

금매가 술잔을 쥔 채 엉거주춤 일어서며 중얼거리자 은매
는 주먹을 휘두르며 언성을 높였다.

탁자에는 다 식어 빠진 요리 한 개가 놓여 있고 십여 개 이
상의 빈 술병이 나뒹굴어 있었다.

공력을 사용하지 않고 줄기차게 마셨다면 용비라고 해도
취할 양이다.

"소인… 주군을 뵈옵……."

금매는 통로 쪽으로 비틀거리면서 걸어 나와 절을 하려고
몸을 굽히려다가 중심을 잡지 못하고 앞으로 고꾸라졌다.

그러나 그녀의 몸은 용비가 발출한 무형지기에 의해서 뚝
멈추더니 곧 똑바로 세워졌다.

"주… 주군……."

금매는 황송해서 어쩔 줄을 몰랐다. 공력을 이용해서 취기
를 몰아낸다고 해도 일각 이상은 걸리기 때문에 그러지도 못
하고 허둥거리기만 했다.

“주군… 소인들이 죽을죄를 졌습니다… 부디 용서를…….”

“우라질…! 끄윽! 언니! 죽을죄는 주군인지 나발인지 그 자식이 우리에게 지은 거지 왜 우리가 그 자식에게 죽을죄를 졌다는 거야?”

“으, 은매야…….”

금매는 급히 손을 뻗어 은매의 어깨를 흔들었다.

“헛소리 말고 앉기나 해……. 오늘은 죽을 때까지 마셔보자구… 그 자식 욕이나 실컷 하면서 말이야…….”

척—

용비가 은매 맞은편에 앉자 금매는 취한 중에도 크게 당황해서 발을 동동 굴렀다.

“으, 은매야…….”

“그래, 나 여기 있어. 술이나 마셔.”

은매는 맞은편에 금매가 앉은 줄 알고 술병을 내밀며 게슴츠레한 얼굴에 미소를 지었다.

“엥? 왜 언니 얼굴이 주군 자식 얼굴로 보이는 거지? 내가… 취했나?”

은매는 눈을 깜빡거리며 횡설수설하다가 손을 뻗어 용비의 얼굴을 만지작거렸다.

“딸꾹…… 언니가 그 자식 모습으로 역용한 거야?”

용비는 품속에 손을 넣었다가 주루 주인이 있는 쪽을 향해서 가볍게 손가락을 튕겼다.

핑—

한줄기 금색의 빛줄기가 곧장 쏘아가다가 회계대에 사뿐하게 내려앉았다.

주루 주인은 그것이 한 냥짜리 금화인 것을 알아보고 크게 놀라서 용비를 쳐다보았다.

“주인, 맛있는 요리와 술을 내오시오.”

“으응? 언니가 주군 자식 목소리까지 흉내 내는 건가……?”

은매가 갸우뚱거릴 때 용비는 금매에게 말했다.

“앉아서 함께 마시자.”

*　　　*　　　*

태산 절대십천 내의 주천부.

오늘도 도영매는 영매루 칠 층 남쪽 창가에 앉아서 하염없이 창밖을 바라보며 술을 마시고 있다.

탁자에는 투박한 술병 몇 개가 어지럽게 나뒹굴어 있고 구운 오리 한 마리와 식은 만두 몇 개가 놓여 있다.

그녀가 마시고 있는 술은 홍저주(紅藷注), 즉 절강성의 화주다. 원래 절대십천에 있을 때의 그녀는 술을 전혀 입에 대지 않았었다.

그러나 용비를 만난 이후 걸핏하면 술을 마셨기 때문에 이곳에 돌아와서 혼자가 되자 저절로 술 생각이 났다.

하녀에게 술상을 차려오게 해서 마셨으나 전혀 입맛에 맞지 않았다.

술과 요리가 용비하고 마시던 것하고 전혀 다르기 때문이다. 그래서 화주와 저잣거리에서 값싼 오리와 만두를 구해오라고 일렀다.

그렇게 해서 마셔봤더니 과연 용비하고 마셨던 그 술맛하고 비슷했다

그런데 정작 가장 그립고 필요한 용비가 없다. 그러므로 그 술맛이기는 하되 그때의 느낌이 아닌 것이다.

이곳 절대십천 주천부에 돌아온 이후 주천부의 하녀들은 도영매를 샘물 공주라고 불렀다.

하루 종일 이곳에 앉아서 남쪽 하늘을 바라보면서 눈물을 샘물처럼 흘리고 있기 때문이다.

주천부에 돌아온 지 거의 한 달이 되어가고 있다. 그동안 그녀가 한 일이라곤 화주를 마시면서 용비하고의 추억을 회상하면서 우는 것뿐이었다.

할 수만 있다면 기억이 돌아오지 않은 그때의 허실로 되돌

아가고만 싶다.

그녀에게 도영매는 괴로움뿐이고 허실은 행복 그 자체다. 예전의 그녀는 자신이 불행하다고 생각한 적이 없었다. 오히려 천하에서 가장 축복받은 삶을 살고 있다고 믿었다.

그러나 허실의 인생을 살아보고 나서는 자신의 과거 삶이 얼마나 불행했었는지를 깨달았다. 새장 속에 갇혀서 노래만 부르는 불쌍한 새였던 것이다.

그녀는 용비에게서 삶의 진정한 의미와 행복이 무엇인지를 배웠다.

문득 그녀는 까칠한 입술을 열어 울먹이는 목소리로 노래를 부르기 시작했다.

"강가에 온통 꽃으로 화사하니 이를 어쩌나. 알릴 곳 없으니 그저 미칠 지경이로세. 서둘러 남쪽마을로 술친구 찾아갔더니 그마저 열흘 전에 술 마시러 나가 침상만 덩그렇네."

그녀는 술잔을 들고 창밖을 바라보는데 입에서는 저절로 '강변길 꽃구경'이라는 노래가 흘러나왔다.

용비와 함께 술을 마시면서 나부파로 갈 때 수백 번도 더 불렀던 노래였다.

"용랑……."

도영매는 오늘만 수백 번도 더 불러본 그 이름을 또다시 중얼거리면서 눈물을 쏟았다.

"크웃! 또 그놈 타령이냐?"

그때 문이 열리며 괴이한 모습의 인물이 들어섰다. 금빛으로 번쩍이는 면투구를 쓰고 금빛 장갑을 끼고 있는 변천주 와룡후다.

도영매는 흠칫하며 급히 눈물을 닦았다. 다른 사람에게는 몰라도 와룡후에게만은 눈물을 보이고 싶지 않았다.

그녀를 지금의 이 비참한 삶으로 되돌려 놓고 또 용비를 죽인 자가 바로 와룡후이기 때문이다.

"영매, 그놈은 내 손에 죽었다고 몇 번이나 말해야 알아듣겠느냐?"

"닥쳐라!"

도영매는 와룡후를 돌아보며 뾰족하게 악을 쓰듯 외쳤다. 저놈은 이곳에 오기만 하면 용비가 죽었다는 말을 앵무새처럼 되풀이하고 있다.

그 소리를 듣지 않으려면 저놈의 혓바닥을 뽑든가 아니면 도영매 자신의 귀를 잘라 버리는 수밖에 없다.

그녀는 그동안 몇 차례 와룡후를 죽이려고 시도했었으나 번번이 실패했었다.

그녀의 실력은 와룡후에 비해 반 수 아래다. 원통하지만 그것이 현실이다.

"이놈아! 당장 꺼져라! 여기는 너처럼 추악한 놈이 올 곳이 아니다!"

그래서 이렇게 피를 토하듯이 절규하는 수밖에 달리 방법이 없다.

그녀가 주천부의 수하들에게 와룡후가 오지 못하도록 막으라고 아무리 명령을 내려도 소용이 없다.

그녀의 수하들 능력으로는 와룡후를 제지하지 못하기 때문이다.

그래서 머릿수로 제지하면 와룡후는 자신의 수하들을 이끌고 와서 한번 해보자고 으르딱딱거렸다.

유일한 해결책은 도영매의 부친 태천주가 와룡후에게 주천부에 오지 못하도록 명령을 내리는 것이다.

그런데 어찌 된 일인지 태천주는 딸의 불행을 못 본 체 방관만 하고 있다.

오늘만큼은 와룡후도 단단히 각오를 하고 왔다. 그도 바보가 아닌 바에는 특단의 방법이 없는 이상 자신이 도영매를 차지하지 못한다는 사실을 잘 알고 있다.

그래서 여태까지와는 전혀 다른 방법을 사용할 생각이다. 그 방법에 대해서 충고를 해준 사람은 그가 친형처럼 존경하는 백의청년이었다.

그는 화상으로 추악하게 변한 와룡후에게 면투구를 착용하라고 일러준 사람이기도 했다.

저벅저벅.

"도영매, 그것이 정혼자에게 하는 말버릇이냐?"

와룡후는 거침없이 도영매에게 다가가며 엄하게 꾸짖었다. 예전의 그는 이런 식으로 거친 막말을 한 적이 한 번도 없었다.

"네놈이……."

그렇지 않아도 용비에 대한 그리움 때문에 가슴이 찢어질 것 같았던 그녀는 참지 못하고 들고 있던 술잔의 술을 와룡후 얼굴에 뿌렸다.

"당장 꺼지지 않으면 네놈의 눈알을 뽑아버리겠다!"

예전의 도영매는 이런 식의 거친 말을 입에 담은 적이 없었다. 아니, 알지도 못했었다.

"내가 오늘 너의 버릇을 고쳐주겠다."

슈욱!

그런데 와룡후는 성난 표정으로 도영매의 세 걸음 앞까지 다가서더니 느닷없이 일장을 발출하며 덮쳐왔다.

도영매는 설마 그가 공격을 할 줄은 예상하지 못했다가 깜짝 놀라서 급히 일장으로 응수했다.

꽈릉!

"악!"

쩌렁한 폭음이 터지면서 도영매는 퉁겨져 창 옆 기둥에 호되게 부딪쳤다.

와룡후하고 정식으로 겨루어도 그녀가 밀리는 판국에 놀라서 갑자기 응수를 한 상황에서는 더 형편없는 꼴을 당할 수밖에 없다.

파파팍…….

"흑……."

와룡후는 기둥에 부딪쳤다가 퉁겨지는 도영매의 마혈과 아혈을 동시에 제압했다.

그리고는 그녀를 어깨에 메고 한쪽에 있는 침실로 들어가 그녀를 침상에 내던졌다.

움직이지도 말을 하지도 못하는 도영매는 눈을 동그랗게 뜨고 경악했다.

그녀는 와룡후가 무슨 짓을 하려는 것인지 본능적으로 감지하자 공포가 확 밀어닥쳤다.

그녀의 생각이 끝나기도 전에 와룡후는 손을 뻗어 그녀가 입고 있는 옷을 거칠게 잡아챘다.

찌이익—

그가 몇 차례 손을 움직이자 도영매는 젖가리개와 속곳마저 벗겨진 전라가 되었다.

"흐흐흐…… 실로 우물이로구나……."

이미 이성을 완전히 잃어버린 와룡후는 침상에 사지를 벌린 채 누워 있는 도영매의 나신을 보면서 눈빛이 음탕함으로 번들거렸다.

그는 서둘러 자신의 옷을 벗어 나신이 되고는 징그럽게 웃으며 침상으로 올라섰다.

얼굴이 면투구로 가려져 있어서 표정은 알 수 없으나 눈빛이 악마의 그것으로 변해 있었다.

도영매의 얼굴은 더할 수 없는 공포와 절망으로 물들었다. 그녀는 자신의 영혼과 육신이 온전히 용비의 소유물이라고 생각하고 있다.

그렇기 때문에 몸이 와룡후에게 짓밟히는 것은 죽음보다 더 치욕스러운 일이고 용비에게 죄를 짓는 것이다.

입을 움직일 수만 있다면 와룡후를 물어뜯고 싶었다. 아니, 혀를 깨물어서 자결하고 싶었다.

그러나 그마저도 허용되지 않았다. 그녀는 용비를 보지 못해서 괴로워하는 절망의 상황에서 지옥의 나락으로 떨어지려 하고 있었다.

와룡후는 도영매의 몸 위에서 다리를 넓게 벌려 우뚝 서서 그녀를 굽어보며 득의하게 웃었다.

"흐흐흐…… 내가 네 몸뚱이를 취한 후에는 너도 어쩔 수 없이 나를 받아들여야만 할 것이다."

도영매는 그게 아니라고, 네놈이 나를 짓밟고 난 후에 혈도를 풀어주는 즉시 네놈을 죽이고 나도 죽을 것이라고 절규했으나 입속에서의 공허한 외침일 뿐이었다.

와룡후의 음경은 최대한 발기하여 징그럽게 끄떡거렸다.

"으흐흐… 너를 취할 수만 있다면 죽어도 후회하지 않는다. 너는 천하보다 더 가치 있는 존재다."

그는 중얼거리면서 몸을 숙여 도영매의 나신 위에 자신의 나신을 포갰다.

도영매는 심장이 목구멍 밖으로 튀어나올 것처럼 처절한 심정이었으나 와룡후는 아랑곳하지 않고 그녀의 다리를 넓게 벌렸다.

와룡후의 단단한 음경이 자신의 소중한 부위에 찌를 듯이 닿자 그녀는 머릿속이 온통 새하얗게 탈색되어 아무 생각도 들지 않았다.

그저 능욕을 당하기 전에 죽고 싶다는 마음뿐이다. 이것이 꿈이기를 간절히 원했다.

"……!"

그런데 한순간 그녀는 몸이 허전한 것을 느꼈다. 눈을 깜빡이면서 쳐다보자 방금까지 자신의 몸을 짓누르고 있던 와룡후가 보이지 않았다.

그 대신 낯익은 한 사람이 침상 옆에 서 있는 모습이 보였다.

삼십대 초반의 나이에 훤칠한 키와 약간 마른 듯한 체구를 지닌, 너무도 선량해 보이는 청년이다.

외모만이 아니다. 훈훈하고 부드러운 입가의 미소와 온화한 눈빛, 온몸에서 풍기는 초탈하고 자비로운 분위기는 그가 아무런 욕심이 없는 사람처럼 보이게 했다.

'화(華) 오라버니……'

그는 도영매가 어렸을 때부터 유일하게 피붙이처럼 여기면서 따르던 창천주(蒼天主) 화소명(華昭明)이었다.

절대십천의 이천주이며 태천주와 균천주(鈞天主)에 이어서 삼인자라는 막중한 지위의 인물이다.

"영매야, 놀라지 않았느냐? 하마터면 큰일 날 뻔했구나."

화소명은 얼굴 가득 염려스러운 표정을 지으며 도영매를 굽어보았다.

화소명을 보자 도영매는 친오라버니에게 구함을 받은 것처럼 왈칵 눈물이 솟구쳤다.

"놀랐겠구나, 영매야."

화소명은 침상에 걸터앉아 그녀를 물끄러미 바라보다가 손을 뻗어 혈도를 풀어주었다.

"으흐흑! 화 오라버니!"

도영매는 와락 어린아이 같은 울음을 터뜨리면서 그의 품에 안겼다.

너무 극적인 순간이라서 자신이 나신이라는 사실마저도 망각했다.

"이제 괜찮다. 저놈 때문에 많이 놀랐겠구나."

그는 위로하면서 고생이라고는 한 적이 없는 손으로 도영매의 등을 부드럽게 쓰다듬었다.

그러고 나서는 이불을 끌어다가 그녀의 몸을 덮어주고 벌떡 일어나 와룡후에게 성큼성큼 걸어갔다.

화소명은 조금 전 추호의 기척도 없이 실내에 들어서서 와룡후를 바닥에 내팽개칠 때 번개같이 그의 마혈과 아혈을 제압해 버렸었다.

화소명은 벌거벗은 몸으로 널브러져 있는 와룡후를 굽어보면서 안타까운 표정을 지었다.

"와룡 아우, 어째서 이런 어리석은 짓을 저지른 것인가?"

와룡후는 두 눈을 찢어질 듯이 부릅뜨고 화소명을 잡아먹을 듯이 노려보았다.

조금 전에 그에게 도영매를 강간하는 것이 그녀를 손에 넣을 수 있는 유일한 방법이라고 가르쳐 준 사람이 바로 화소명이었던 것이다.

"태천주의 금지옥엽을 겁탈하려 들다니 살기가 싫어진 것이라는 말인가?"

화소명은 너무도 안타까워 눈물이라도 흘릴 듯한 표정으로 중얼거렸다.

'으으… 이 개자식아! 네놈이 나를 속였구나!'

와룡후는 목젖이 찢어지도록 울부짖었으나 아무에게도 들리지 않았다.

"비켜요, 화 오라버니."

그때 뒤쪽에서 살기등등한 도영매가 다가오며 화소명을 한쪽으로 밀쳤다.

"영매야, 어쩌려고……."

쫘르릉!

화소명이 말리려는데 이미 도영매의 흰 손바닥에서 새파란 한줄기 섬광이 발출되었다.

꽝!

태천주의 가전절학 중 하나인 섬청뢰강은 고스란히 와룡후의 면투구에 작렬했다.

와룡후는 그 일장으로 쓰고 있던 면투구와 얼굴이 동시에 박살 나서 짓이겨졌다. 그것으로 그는 즉사했다.

화소명은 조금 전보다 더 안타까운 표정으로 짓이겨진 시체를 굽어보면서 한탄했다.

"아아…… 한순간의 욕정을 다스리지 못하고 목숨을 잃다니 실로 애석하구나."

쫘릉!

그런데 또다시 우렛소리가 터졌다. 분이 풀리지 않은 도영매가 두 번째 섬청뢰강을 뿜어낸 것이다.

꽈꽝!

새파란 섬광은 죽은 와룡후의 몸에 적중하여 피와 살덩이와 내장이 사방으로 튀었다.

도영매는 그것으로도 분노가 가라앉지 않는지 계속해서 세 번, 네 번 섬청뢰강을 발출하여 와룡후의 시체를 완전히 한 덩이 고깃덩이로 만들었다.

안타까운 표정으로 지켜보던 화소명은 도영매의 앞을 가로막으며 만류했다.

"이제 그만해라, 영매야."

"흐흐흑! 화 오라버니……."

어깨를 들먹이던 도영매는 그의 품으로 뛰어들며 또다시 울음을 터뜨렸다.

화소명은 그녀를 힘주어 꼭 안아주며 등을 부드럽게 토닥여 주었다.

"태천주께는 내가 본 대로 설명하겠다. 그러면 태천주께서도 너의 죄를 묻지 않으실 게다."

"흑흑… 고마워요. 화 오라버니……."

그녀는 용비가 그리워서 그토록 힘들었던 상황에서 어째서 화소명을 찾지 않았는지 후회스러웠다.

第八十六章　남매

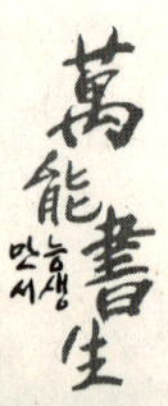

화봉각 내 예전 결우당으로 사용했었던 화악정 지하수련장에 다섯 사람이 모여 있다.

용비 앞에 수진랑과 반아미, 낙혼, 뇌웅 네 사람이 일렬로 늘어서 있다.

네 사람의 표정은 복잡했다. 결의와 두려움, 긴장감, 설렘이 얼굴에 역력하게 드러나 있는 모습이다.

그들은 한 장의 커다란 그림을 두 손으로 쥐고 있는데, 수진랑이 호신도, 낙혼이 용신도, 반아미가 봉신도, 뇌웅이 지옥도다.

만절사신공을 완벽하게 터득한 그가 만절사신도를 다시 그리는 것은 그다지 어렵지 않은 일이었다.

다만 만절사신도를 그려서 각각의 그림에 네 영물, 즉 대신과 용아, 영봉, 흑신을 주입시켜야만 한다. 네 영물이 만절사신도 안에 있는 동안 용비는 그들을 공력으로 사용할 수가 없다.

용비는 자신이 직접 네 사람의 자질을 한 번 더 확인한 후에 가장 적합하다고 생각하는 만절사신도를 그들에게 배정해 주었다.

그는 네 사람에게 만절사신도에 들어가서 어떻게 하면 되는지 자세히 설명해 주었다.

"내가 한 말을 잊지 않았겠지?"

"네!"

"네! 사부님!"

세 명이 우렁차게 대답하는데 한 사람만이 '사부님' 이라는 호칭을 붙였다.

용비는 반아미를 보며 빙그레 미소 지었다.

"나는 사부가 아니다."

"그럼 뭐라고 부릅니까?"

"그냥 신군주라고 불러라."

반아미는 냉큼 대답했다.

"알겠습니다! 사부님!"

"아미야!"

"네! 사부님!"

그녀의 막무가내에 용비는 어이없는 미소를 지었다.

"왜 그러느냐?"

"낳아주신 분은 부모님이시고 학문을 가르쳐 주시는 분은 스승님, 그리고 무공을 전수해 주시는 분은 사부님이라고 배웠습니다!"

"이것은 예외다."

"저를 제외시키시든지 아니면 사부님이라고 부르는 것을 허락해 주십시오."

용비는 그녀의 억지에 난감한 표정을 지었다.

"나처럼 어린 사부가 어디에 있느냐?"

"여기에 계십니다."

두 사람의 대화가 재미있는지 다른 세 사람은 빙그레 미소를 짓고 있을 뿐 참견하지 않았다.

용비는 반아미가 억지를 부리는 데에는 뭔가 다른 이유가 있을 것이라고 생각했다.

"내게 진짜 원하는 것이 무엇이냐?"

그때 용비는 반아미의 입가에 아주 흐릿한 미소가 스치는 것을 발견했다.

"사부 말고 달리 부르고 싶은 호칭이 있습니다."

"무엇이냐?"

반아미는 배에 볼록 힘을 주었다.

"용랑."

창!

"죽을래?"

순간 옆에 있던 수진랑이 득달같이 검을 뽑아 곧장 반아미의 목을 베어갔다.

"그래! 같이 죽자!"

차창!

반아미는 즉시 도를 뽑아 마주쳐가면서 악을 썼다.

그녀는 용비가 한정과 수진랑에 이어서 화봉 옥연과 아가라는 동기까지 자신의 여자로 거두자 발등에 불이 떨어진 듯한 위기감을 느꼈다.

그래서 막무가내를 빙자한 객기를 부리고 있는 것이다. 또한 그녀의 부친 반대운은 무슨 수를 써서라도 용비의 여자가 되라고 그녀에게 특명을 내렸다.

용비는 반아미의 마음을 충분히 전해 받았다. 그녀가 용비를 그렇게 생각했다는 것은 처음 알게 되었다. 그러나 그녀의 심정은 이해하지만 그것은 이런 식으로 함부로 결정할 수 있는 일이 아니다.

여하튼 그는 싸우는 두 여자를 겨우 뜯어말려서 설득한 후
에야 네 사람을 각자의 만절사신도에 들어가게 하는데 겨우
성공했다.

그들은 그림 속으로 사라져 가면서 용비가 당부하는 말을
똑똑히 들었다.

"잊지 마라. 백 일이다."

만절사신도 속에서 백 일이면 바깥세상에서는 열흘이다.

그는 열흘 후에 절강성을 평정할 계획이다.

*   *   *

수진랑 등 네 사람이 만절사신도에 들어간 지 구 일째 되는
날 밤에 용비는 항주 성내로 나섰다.

오늘로써 사흘 연속으로 성내에 나서는 길이다. 그에게서
멀지 않은 곳에서 금은쌍매가 그림자처럼 따르고 있다.

그의 목적지는 옛 천추문 자리에 새로 자리를 잡은 풍운방
근처의 허름한 주루다.

지난 이틀 동안 지켜본 바에 의하면 용비가 목적으로 삼은
인물은 오늘 밤에도 이 주루에 나타날 것이다. 아니, 지금쯤
주루에 있을 것이다.

차륵…….

일부러 허름한 흑의 유삼을 입은 용비는 주루 입구로 들어서서 구석 쪽을 쳐다보았다.

그의 시선 끝에 한 사람이 보였다. 지난 이틀 동안 그랬던 것처럼 그 사람은 꼭 그 자리에 앉아서 물끄러미 맞은편 벽을 응시하고 있었다.

키가 크고 훤칠한 체구에 뚜렷한 이목구비, 상투를 틀었으며 하관이 빠르고 강퍅한 인상을 지닌 사십대 중반의 중년인이었다.

그 사람은 다름 아닌 풍운방 무술교두 정운학, 옥연이 용비의 친아버지라고 했던 인물이다.

용비는 이틀 전, 절강성 평정 계획을 나흘 앞둔 날 밤에 풍운방 근처를 배회하며 수소문한 끝에 정운학이라는 인물을 바로 저 자리에서 발견했었다.

그때 용비는 그와 몇 탁자 떨어진 곳에 혼자 앉아서 술을 마시면서 관찰하다가 그가 자리에서 일어난 지 일각 후에 주루를 나왔었다.

그 다음날도 똑같이 행동했고 오늘로써 사흘째다. 주문한 술과 요리를 기다리고 있는 듯한 정운학은 자신 쪽으로 성큼성큼 걸어오는 용비를 발견하고는 보일 듯 말 듯 눈으로 미소 지었다.

연 이틀 몇 탁자 건너에서 똑같이 혼자서 술을 마신 사람에게 보내는 묘한 동지애 같은 것이다.

하지만 그가 눈으로 아주 흐릿한 미소를 지었다는 사실을 알아볼 수 있는 사람은 용비뿐일 것이다.

왜냐하면 용비도 그처럼 눈으로 짓는 미소를 할 수 있기 때문이다. 그러나 다른 사람이 본다면 그저 무표정한 얼굴일 뿐이다.

그러므로 정운학이 그런 미소를 보낸 것은 아무런 의미가 없는 것이다. 용비가 알아보지 못할 것이라고 여겼을 테니까 말이다.

슥…….

용비는 오늘은 몇 탁자 건너에 앉지 않고 정운학의 맞은편에 서슴없이 앉았다.

정운학은 뜻밖이라는 표정을 짓더니 이내 평소의 덤덤한 표정으로 돌아가 아무렇지도 않은 듯 팔짱을 꼈다. 주루에 자리가 많은데도 불구하고 용비가 자신의 자리에 앉았는데 그는 아무렇지도 않은 것 같았다.

용비가 점소이에게 술과 요리를 주문하려고 하자 정운학이 손을 들어 만류했다.

"이왕 이 자리에 합석을 했으니 오늘은 내 술을 마시는 것이 어떻겠는가?"

그의 목소리는 처음 들어보지만 중저음에 싱그러운 느낌
이 용비하고 비슷했다.

그래서 용비는 그것만으로도 그가 자신의 친부가 분명하
다고 확신했다.

용비는 대답하지 않고 그저 가볍게 고개를 끄떡여 그러겠
다는 뜻을 전했다.

잠시 후에 술과 안주가 나왔다. 절강 사람들이 즐겨 마시는
홍저주, 즉 화주에 돼지고기와 야채를 넣어서 끓인 탕국이 전
부다.

용비가 풍운방 사람에게 알아본 바에 의하면 정운학은 한
달에 보름 이상은 이 주루 이 자리에 앉아서 똑같은 술과 안
주를 먹는다고 했다.

무술교두라면 녹봉으로 은자 이십 냥 정도를 받을 텐데 한
달에 보름 이상 술을 마시면 아무리 싸게 먹혀도 은자 닷 냥
은 들 것이다.

그도 가족이 있고 생활을 할 터인데 나머지 은자 열닷 냥으
로는 풍족하지 않을 것이다.

정운학은 용비에게 한 잔을 따라주고 나서 자신의 잔에 따
르고는 단숨에 마시고 다시 한 잔을 따랐다.

이어서 그는 용비 왼쪽 먼 곳을 묵묵히 응시했다. 용비는
그가 어떤 특별한 사물을 보는 것이 아니라 맞은편 벽을 보고

있다는 사실을 알고 있다.

합석은 용비가 했고 술은 정운학이 샀으나 두 사람은 아무 말도 하지 않고 묵묵히 술을 마시고 또 먼 곳을 보거나 자신의 생각에 몰두했다.

용비는 풍운방 사람에게 정운학이 어디에 있는지를 물었을 뿐이지 그의 사람됨에 대해서는 묻지 않았다.

다른 사람의 입을 통하지 않고 자신이 직접 그를 관찰하려는 의도였다.

아직은 그에 대해서 모르겠지만 과묵하고 자상하며 생각이 많은 사람이라는 정도는 알 수 있었다.

용비가 정운학을 관찰하는 이유는 풍운방을 칠 때 그를 살릴 것인가 아닌가를 결정하기 위해서다.

아들로서 냉정하기 짝이 없는 일이다. 그러나 그가 친부임에도 어머니 미령과 용비를 지금까지 내팽개쳤다는 사실을 생각하면 냉정할 수밖에 없다.

내일이면 만절사신도에 들어간 네 명이 나오고, 그러면 절강성 평정 계획을 실행할 것이다.

그렇다면 오늘 밤에 정운학에 대한 결정을 내려야만 하는데 아직 용비는 망설이고 있다.

계획이 실행에 옮겨지고 풍운방을 공격하게 되면 정운학을 신경 쓸 여유 같은 것은 없다.

결국 다섯 병의 화주를 다 마실 때까지 두 사람은 아무 말도 나누지 않았다.

정운학이 일어서더니 용비에게 예의 눈으로 희미한 미소를 보내고는 계산을 치르고 밖으로 나갔다.

용비는 잠시 그 자리에서 망설이다가 한 가지 결정을 내리고 일어나 정운학을 따라갔다.

“내가 한 잔 사겠습니다.”

용비는 어두운 밤길을 걸어가는 정운학을 뒤따라가서 정중하게 권했다.

그로서는 정운학에게 처음 건네는 말이다. 정운학이 한 번 술을 샀으니까 대접을 하겠다는 뜻이다.

그는 정운학이 친아버지라는 사실을 확인한 이상 함부로 말할 수가 없었다.

정운학은 걸음을 멈추고 그를 잠시 쳐다보더니 이윽고 고개를 끄떡였다.

용비는 주위를 두리번거리다가 가까운 곳에 기루가 있는 것을 발견하고 그곳으로 가려고 했다.

술은 꼭 주루에서만 마시라는 법이 없다. 더욱이 용비는 갑자기 한 가지 생각이 났다.

정운학에게 아리따운 기녀를 한 명 안겨주면 그가 어떻게 나올지 반응이 궁금했다. 짓궂은 생각이지만 한번 시도해 보고 싶었다.

정운학이 웬 떡이냐 하고 기녀를 덥석 안을 것인지, 아니면 기녀를 보고 혹여 과거 이십여 년 전에 자신이 안아서 임신을 시켰던 미령이라는 기녀를 잠시나마 생각이라도 해줄 것인지 알아보고 싶었다.

"아니, 나는 기루에는 가지 않네."

그런데 뜻밖에도 정운학은 손사래를 치면서 강하게 거부를 했다.

"돈 때문이라면 걱정하지 마십시오. 제가 내겠습니다."

"아니, 가지 않겠네."

"기루에 가본 적이 없습니까?

정운학의 얼굴빛이 흐려지는 것을 용비는 놓치지 않았다.

그는 잠시 착잡한 표정으로 밤하늘을 올려다보다가 이윽고 용비를 보며 보일 듯 말 듯 미소를 지었다.

"이렇게 하는 것이 어떻겠나?"

"말씀하십시오."

"내 집에 가서 마시지 않겠나?"

용비는 정운학이 어떻게 사는지 궁금해서 지난 이틀 동안 그를 미행하고 싶었으나 용기가 나지 않았었다. 그러나 이제는 결정을 해야만 한다.

“좋습니다.”

정운학의 집은 풍운방에서 꽤 멀어서 둘이 부지런히 걸어 이각이나 걸렸다.

또한 몇 개의 골목을 돌고 돌아서 막다른 곳에 이르러서야 그는 걸음을 멈추었다.

허물어진 담 너머로 좁은 마당과 금방에라도 쓰러질 것 같은 작은 집이 보였다.

지붕에는 잡초가 무성하고 문은 낡아서 잡아당기면 부서질 것처럼 낡았다.

기껏 해봐야 방 두 칸에 주방이 하나가 겨우 나올 것 같은 저런 집에서 어떻게 일가족이 살 수 있을지 집 안의 상황이 머릿속에 그려졌다.

용비는 예전 주루를 하기 전 찢어지게 가난했던 자기네 집을 보는 듯한 기분이 들었다.

“보다시피 형편없는 폐가네. 들어가세”

정운학은 씁쓸한 표정을 짓더니 먼저 안으로 들어갔다.

“희(姬)야, 아비 왔다.”

그런데 지금까지와는 달리 그는 매우 밝은 목소리로 누군가를 불렀다.

용비는 그가 부른 이름과 자신을 '아비'라고 칭하는 것으로 미루어 딸을 부르는 것이라 생각했다.

끼이…….

"어서 오세요. 아버지."

찌그러지고 낡아빠진 문이 열리고 집에서 한 명의 여자가 나오며 해맑은 목소리로 맞이했다.

용비는 그녀를 보는 순간 발이 그 자리에 붙어버린 듯 꼼짝도 하지 못했다.

'어… 머니…….'

매우 낡았으나 깨끗한 무명옷을 입은 이십 세 남짓한 여자는 환한 미소를 지으며 정운학을 맞이했다.

그런데 그녀의 모습이 용비가 어렸을 때 기억하고 있는 어머니 미령의 모습과 빼다 박은 것처럼 닮았다. 그래서 놀라고 있는 것이다.

사람이 이렇게 닮을 수도 있다는 말인가. 이것은 그녀가 어머니 미령의 친딸이라고 해야지만 이해할 수 있지 다른 말로는 설명이 되지 않을 정도다.

용비는 여기에는 반드시 무슨 사연이 있을 것이라고 생각했다. 그러지 않고는 이럴 수가 없다.

희아라고 불린 여자는 정말 지독하게 아름다웠다. 아직 혼인을 하지 않은 듯 머리를 길게 땋았으며 갸름한 얼굴에 순진

하기 짝이 없는 모습이다.

그녀는 아버지를 마중하러 나왔다가 낯선 청년 용비를 발견하고는 깜짝 놀라 그 자리에 멈추었다.

정운학은 용비와 희아가 서로를 보면서 크게 놀라는 모습을 보며 껄껄 흐뭇하게 웃었다.

"내 딸일세. 정소희(鄭素姬)라고 하지."

"아… 안녕하세요?"

정소희는 천하에 짝을 찾아보기 어려울 정도로 준수한 용비를 앞에 두고는 얼굴이 새빨개져서 어쩔 줄 몰랐다.

그러면서도 그녀는 용비에게서 시선을 떼지 못했다. 그의 모습이 몹시 눈에 익었기 때문이다.

그러나 그녀는 그 이유를 알지 못했다. 용비가 아버지와 닮았다는 사실을 말이다.

"이쪽은 아비의 친구다. 술을 마시러 왔으니 어서 술상을 내오너라."

밖에서 본 것보다 집 안은 더 협소했다. 그래도 작은 방이 두 칸에 주방이 하나 있었다.

정운학의 가족은 딸 정소희가 유일한 것 같았다. 집에 두 사람밖에 없기 때문이다. 하지만 용비는 가족이 더 있는지 물어보지 않았다.

정소희는 아무 소리도 하지 않고 주방으로 들어가 한동안 뚝딱거리더니 이각 후에 술상을 봐왔다.

정운학의 방 낡아빠진 탁자에 차려진 것은 조촐하다 못해 형편없는 술상이다.

야채에 돼지 내장을 섞어 볶은 것인데 용비로선 한 번도 본 적이 없는 요리다.

그리고 주둥이가 깨진 술병이 하나. 그런데 술병을 내오자 신기하게도 가슴을 상쾌하게 하는 그윽한 주향이 실내에 가득했다.

보기 힘든 미주만이 그런 주향을 낸다는 사실을 오랫동안 주루를 한 용비는 잘 알고 있다.

"송화주(松花酒)일세. 딸아이가 담갔는데 맛이 기막히다네. 헛헛헛!"

주루에서 본 정운학은 과묵하고 어딘가 어두운 기색이었으나 집에서는 전혀 다른 사람 같았다.

아마도 딸 정소희 때문인 것 같았다. 그는 딸을 무척 아끼고 사랑하는 것이 분명했다.

송화주는 돈이 거의 들지 않는다. 어디에서나 흔한 송화, 즉 소나무꽃으로 담그기 때문이다.

하지만 그런 만큼 담그기가 무척 까다로워서 열이면 아홉은 실패를 한다.

과연 정소희가 담갔다는 송화주는 향기만이 아니라 맛까지 일품이었다.

아니, 그 정도가 아니라 용비가 지금까지 마셔본 그 어떤 미주보다 맛있었다. 한마디로 최고의 술이다. 정운학의 극찬이 모자랄 정도다.

그 술을 일개 이십 세 남짓의 정소희가 담갔다는 사실이 믿어지지 않았다.

"맛있습니다."

오죽하면 칭찬에 인색한 편인 용비의 입에서 그런 찬사가 절로 나왔다.

"그것 보게! 헛헛헛!"

정운학은 어깨를 들썩이며 흡족한 웃음을 터뜨렸다.

"오……."

송화주를 두 잔 마시고 나서 야채와 돼지 내장을 섞어서 볶은 요리를 전혀 기대하지 않는 마음으로 입에 넣은 용비는 이번에도 자신도 모르게 탄성을 토해냈다.

"입안에서 저절로 녹는군요. 이런 맛있는 요리는 간만에 먹어보는군요."

정운학은 깜짝 놀랐다.

"아니, 이렇게 맛있는 요리를 다른 곳에서 먹어본 적이 있었다는 말인가? 믿을 수 없네."

딸의 요리 솜씨에 대해서 자부심이 대단한 정운학은 용비가 간만에 먹어본다는 말에 딴죽을 걸었다.

"저희 어머니 요리 솜씨와 비슷합니다."

"그래?"

정운학은 정말로 놀라면서 믿기 어렵다는 표정을 지었다.

용비는 탁자 옆 정운학과 자신 사이에 허름한 옷을 입고 다소곳이 서서 수줍은 표정을 짓고 있는 정소희를 물끄러미 바라보았다.

용모도 어머니와 빼다 박았으며 요리 솜씨까지 누가 만들었는지 모를 정도로 똑같다.

일이 이쯤 되고보니까 용비는 정소희가 어머니의 딸일 것이라고 거의 믿게 되었다.

그렇다면 그녀는 용비와 남매간이라는 뜻이다. 나이로 보면 그녀가 누나인 것 같았다.

정소희는 연신 싱글벙글하고 있는 부친을 보고 나서 용비에게 살짝 미소를 지었다.

"아버지께서 집에 손님을 모셔온 것은 처음이에요. 더구나 이렇게 즐거워하시는 모습도 너무 오랜만에 봐요. 아무쪼록 편히 쉬시다가 가세요."

그녀는 정운학이 즐거워하는 것을 보니 마음이 기쁜 모양이었다.

심산유곡의 맑은 계류가 졸졸 흐르는 듯한 고운 목소리로 말하고 나서 인사를 하고 자신의 방으로 돌아갔다.

정운학은 용비가 눈으로 그녀의 모습을 쫓는 것을 보고는 슬쩍 눙쳤다.

"왜? 희아가 탐나는가?"

"에?"

"자네라면 두 말하지 않고 저 아이를 시집보내겠네."

"아니… 저는……."

용비는 당황해서 두 손을 내저었다.

"그러나 저 아이가 도통 시집을 가려하지 않는다네. 아비 혼자 남겨둘 수 없다고……."

정소희 정도의 미모에 고운 마음씨와 훌륭한 요리 솜씨를 지녔다면 혼인하고 싶은 사내들이 줄을 섰을 것이다.

혼인을 하면 이 지긋지긋한 가난에서 벗어날 수 있을 텐데도 그러지 않는 것은 순전히 아버지 정운학이 걱정되기 때문일 것이다.

아름다운데다 요리 솜씨가 뛰어나고 거기에 지극한 효녀다. 그야말로 최고의 신붓감이다.

"풍운방을 어떻게 생각하십니까?"

잠시 몇 순배의 술이 돌아가고 나서 용비가 불쑥 물었다.

정운학은 가볍게 놀라는 표정을 짓더니 곧 씁쓸한 얼굴로 입을 열었다.

"내가 풍운방 사람이라는 것을 알고 있었군."

"그렇습니다."

"후우…… 그렇다면야……."

그는 한숨을 푹 내쉬고 나서 잠시 뜸을 들였다가 어렵게 말을 이었다.

"풍운방은 한마디로 쓰레기일세."

그렇게 평가를 한다면 더 이상 물어보나 마나다. 자신이 몸담고 있는 방파에 대한 자부심이나 긍지가 전혀 없다. 더구나 정운학 같은 호인의 평가라면 정확할 것이다.

"그렇다면 다른 방파로 옮기지 그러십니까?"

정운학의 얼굴에 고졸한 미소가 피어났다. 그는 손사래를 치며 술잔을 집었다.

"내 나이가 사십육 세네. 어느 방파가 나처럼 실력도 없는 퇴물을 써주겠나?"

그는 스스로 실력이 없다고 자평했다. 그렇다면 그의 말은 과연 정확하다.

사십육 세면 무술교두로서 퇴물이고 지금 몸담고 있는 풍운방에서도 아슬아슬한 상황일 것이 분명하다.

용비는 넌지시 물었다.

"받아주는 곳이 있다면 옮길 생각은 있습니까?"

정운학은 어두운 표정을 지었다.

"현재 나는 풍운방에서 녹봉으로 은자 열닷 냥을 받고 있네. 내 형편에 많이 받는 것이지. 그런데 과연 어떤 방파에서 내게 그 정도 녹봉을 주고 써주겠는가?"

정운학은 용비가 생각했던 것보다 닷 냥이나 덜 받고 있다. 매월 주루에 닷 냥을 갖다 바치고 나머지 열 냥으로 생활을 해왔다는 뜻이다.

그러니 생활이 이 모양 이 꼴인 것이다. 딸 정소희가 얼마나 고생을 했을지 미루어 짐작할 수 있다. 용비는 빙그레 미소 지었다.

"제가 알고 있는 곳으로 옮기시면 지금 받으시는 것보다 조금쯤은 더 받을 수 있다고 확신합니다."

"자네……."

정운학은 용비가 그냥 해보는 말이 아니라는 것을 알고 적잖이 놀라는 표정을 지었다.

"제가 추천서를 써드리겠습니다."

"이게 도대체……."

"하하! 밑져야 본전일 테니 내일 아침에 일찍 시간을 내서 한번 가보기나 하십시오."

아침 일찍 가보라는 것은 빨리 옮겨야 풍운방 공격에서 정운학이 무사할 수 있기 때문이다. 용비는 그를 살리기로 결정했다.

정운학은 귀신에 홀린 듯한 표정을 짓다가 잠시 후 정색을
했다.

“이제야 묻네만… 자네 누군가?”

“용비라고 합니다.”

용비는 속이지 않았다. 정운학이 자신을 만능서생이라고
알아봐도 어쩔 수가 없다. 그렇게 되면 그런 대로 조치를 할
것이다.

“용비…….”

정운학은 과연 그 이름을 듣는 순간 요즘 항주의 화제가 되
고 있는 만능서생 용비를 떠올렸다. 하지만 눈앞에 앉아 있는
용비가 설마 그 용비일 것이라고는 추호도 생각하지 않았다.

자기 방으로 들어갔던 정소희는 두 사람의 대화를 듣고는
놀라는 표정을 지으며 다시 나왔다.

그녀는 정운학 옆에 서서 아무 말도 하지 않고 있지만 용비
의 제안을 받아들였으면 하는 표정이 얼굴에 역력했다.

第八十七章 핏줄

萬能書生
능 (만능)
만 서생

다음날 아침 일찍 집을 나섰던 정운학은 정오가 되기도 전
에 집에 돌아왔다.

정소희는 부친이 집을 나간 순간부터 초조한 마음을 가눌
길 없어 집 안과 마당을 서성이기만 했다.

그렇지 않아도 정운학은 풍운방에서 무술교두에서 쫓겨나
기 직전이었다.

그래서 정소희는 아버지가 쫓겨나면 거리로 나앉을 수밖
에 없다고 절망에 빠져 있었다.

그런 판국에 느닷없이 용비라는 귀공자가 나타나서 새로

운 방파를 추천해 준 것이다.

정소희는 부친이 새로운 방파에서 녹봉을 더 받는 것은 언감생심 바라지도 않았다.

그저 채용만 된다면 그로써 대만족이다. 아니, 녹봉이 지금보다 조금 깎이더라도 상관없다.

그거라면 그녀가 지금보다 좀 더 아껴서 생활하면 해결할 수 있다.

그저 아버지가 아침에 출근해서 일을 하고 저녁에 돌아오는 번듯한 곳만 있으면 그로써 족하다.

일거리가 없이 빈둥거리며 절망에 빠진 아버지의 모습은 상상하기도 두렵다.

"아버지!"

정소희는 부친의 안색이 밝은 것을 보고 크게 안도하여 부리나케 달려 나갔다.

"어떻게 되셨어요?"

"하하하하! 됐다! 채용됐어!"

"아아……."

정운학이 너무 기쁜 나머지 자신을 덥석 안자 정소희는 기쁨의 눈물을 와락 쏟았다.

어제 용비는 추천장을 써주며 아침 일찍 항주제일루인 화봉각에 찾아가라고 했었다.

기루라는 것 때문에 조금 찜찜한 기분이 들었으나 화봉각에 호위무사들이 많다는 사실을 알고 있기 때문에 그것이 위안이 됐다. 그는 자신이 채용되면 호위무사가 될 것이라고 짐작했었다.

정소희는 녹봉을 얼마나 받게 됐는지 궁금했으나 겁이 나서 물어볼 수가 없었다.

그런데 정운학이 싱글벙글 웃으면서 먼저 말을 꺼냈다.

"그뿐인 줄 아느냐?"

정소희는 가슴이 두근거려서 두 손을 가슴 앞에 모으고 부친을 바라보았다. 그녀는 너무 긴장해서 숨을 쉬지도 못하는 상태다.

"하하하! 녹봉이 자그마치 은자 오십 냥이다! 오십 냥! 믿어지느냐 희야?"

"저… 정말이에요?"

"왓핫핫! 더구나 호위무사가 아니라 그곳에서도 무술교두로 채용됐다! 아비가 화봉각 호위무사 백오십 명을 가르친다는 말이다!"

"아아… 꿈만 같아요."

정소희는 눈물을 그치지 못하고 세상을 다 가진 듯한 표정을 지었다.

구름 위에라도 올라탄 듯 들뜬 표정의 정운학은 손가락을 하나 세우며 벙글거렸다.

"놀랄 일이 하나 더 있단다."

"말씀하지 마세요. 지금 소녀는 여태 들은 것만으로도 혼절할 것만 같아요."

"핫핫핫! 화봉각 총기주라는 분이 집까지 내주셨다."

"네에?"

정소희는 자신의 귀를 의심했다. 호박이 넝쿨째가 아니라 수레째 들어온 것이다.

신바람이 난 정운학은 입에서 침을 튀기며 손짓 발짓해 가며 설명하느라 정신이 없다.

"화봉각은 어마어마하게 넓은데 그 뒤쪽 서호 변의 으리으리한 별채 하나를 통째로 내주셨다! 그곳이 원래 무술교두의 사택이었다는구나."

"아아……."

과연 정소희는 너무 충격적이고 기쁜 나머지 제대로 서 있지 못하고 비틀거렸다.

그런데 기쁨 뒤에 더럭 겁이 났다. 현실에서는 절대로 이런 일이 벌어지지 않을 것이라는 생각이 들었기 때문이다.

이것은 정녕 꿈이다. 박복한 자신들에게 운명이 농락을 하는 것일 게다. 꿈이라면 깰 터인데 그러면 어쩌는가. 그녀는 온몸이 떨렸다.

그때 갑자기 대문 밖 골목에서 우렁차면서 정중한 목소리가 들렸다.

"이곳이 정운학 총교두의 댁입니까?"

두 사람이 깜짝 놀라서 쳐다보자 화려한 복장의 무사 두 명이 열려 있는 문 안으로 성큼성큼 걸어 들어와 두 사람 앞에 멈추고 공손한 자세를 취했다.

"정운학 총교두이십니까?"

"그… 렇습니다."

정운학은 당황하여 말을 더듬거렸고 겁이 난 정소희는 그의 뒤에 숨었다.

두 명의 무사는 공손히 허리를 굽혔다.

"말씀을 낮추십시오. 감당하기 어렵습니다. 속하들은 화봉각의 호위무사입니다. 앞으로 총교두께 목숨을 바쳐 모시겠습니다."

정신을 차리지 못하는 정운학 부녀에게 두 명의 무사는 바깥쪽을 가리켰다.

"두 분을 모시려고 대로에 마차를 대기시켜 두었습니다. 간단한 물건만 챙겨서 속히 나오십시오."

정운학 부녀의 안색이 창백해졌다. 게다가 몸까지 부들부들 떨렸다.

"마차라니……."

"본각의 총교두께는 두 대의 마차가 지급됩니다. 그중 한 대를 끌고 왔습니다."

호위무사의 설명에 부녀의 눈이 휘둥그레졌다. 날벼락도 이런 날벼락이라면 몇 번이라도 맞을 수 있을 것이다. 아니, 한 번만 더 맞으면 죽을 것 같았다. 그래서 제발 이쯤에서 그쳐주기를 원했다.

"총교두, 마차에서 기다리겠습니다."

두 명의 호위무사는 다시 한 번 정중히 허리를 굽히고는 밖으로 나갔다.

정운학은 너무 놀라서 안색이 창백했다. 그는 자신이 무술교두인 줄 알았는데 이제 보니 총교두란다. 자고로 총교두 밑에는 여러 명의 무술교두가 있다. 정운학은 그들의 우두머리인 것이다.

"으흑흑흑……."

정소희는 너무 기쁘고 놀란 나머지 그대로 땅바닥에 주저앉아 두 손으로 얼굴을 가리며 울음을 터뜨렸다.

"희야……."

정운학도 주저앉아서 딸을 부둥켜안았다.

"아버지… 이게 꿈은 아니지요? 소녀는 꿈을 꾸는 것 같아서 너무 겁이 나요……."

"그렇다면 우리가 같은 꿈을 꾸고 있다는 것이냐? 방금 나간 호위무사의 허리에 요대가 무슨 색이더냐?"

"금빛에 봉황……."

"그래, 금빛에 봉황은 화봉각 호위무사의 상징이지. 이것
은 꿈이 아니다."

"아버지……."

이들 모녀는 실로 지긋지긋한 길고 긴 가난에서 드디어 벗
어나게 되었다.

*   *   *

절강성을 평정하는 날 늦은 오후.

만반의 준비가 끝났다. 만절사신도에 들어갔던 네 명, 즉
만절사신(萬絶四神)이라고 이름 지은 네 명이 나왔으며, 여의
신벌 주력고수들이 항주 성 밖에 포진하고 있다.

뿐만 아니라 월인궁과 홍의검문은 이미 성 안으로 들어와
풍운방을 급습할 태세를 갖추고 있다.

별채라고는 하지만 작은 전각이라고 불러도 손색이 없을
정도의 규모다.

그곳의 입구에는 급히 만들어서 새로 단 현판이 걸려 있다.

소희거(素姬居)

정소희의 이름을 따서 지은 별채의 새 이름이었다. 이름을 새로 지어도 된다고 하기에 정운학은 대뜸 딸의 이름으로 짓자고 결정했다.

소희거는 이 층으로 이루어졌으며 방이 열다섯 개나 되고 그 외에도 각층의 주방이나 편좌방, 욕실 등 여러 부대시설이 고루 갖추어져 있었다.

소희거 앞으로는 탁 트인 서호가 너무도 아름답고 시원하게 펼쳐져 있다.

그 주위는 서호의 물을 끌어들여서 만든 실개천과 운하, 그리고 여러 개의 운교 등이 어우러져서 마치 한 폭의 그림을 보는 듯했다.

소희거에 배당된 하녀가 다섯 명, 요리를 담당하는 전담숙수가 세 명이다.

소희거에 이사온 지 두 시진이나 지났는데 아직도 정신을 차리지 못하고 있는 정운학 부녀에게 용비가 찾아왔다는 하녀의 전갈이 전해졌다.

용비가 입구로 들어서고 있는데 이 층에 있던 정운학과 정소희가 자빠질 것처럼 황급히 달려 내려왔다.

“용비, 자네…….”

“공자…….”

부녀는 빙그레 미소 짓고 있는 용비 앞에서 어쩔 줄을 모르고 허둥거렸다.

“집은 마음에 드십니까?”

“어이구… 들다 뿐인가? 나는 이게 도무지 꿈을 꾸고 있는 것 같아서 실감이 나지 않네.”

정운학 부녀에게 용비는 사람이 아니라 하늘에서 내려온 천인처럼 보였다.

천인이 아니고서야 어찌 이런 엄청난 은혜를 베풀 수 있다는 말인가.

“이 은혜를 어찌 갚아야 할지 모르겠네.”

문득 정운학은 착잡한 표정을 지었다.

“그런데 나는 이것이 우연이라고는 생각하지 않네. 자넨 처음부터 무슨 목적이 있어서 내게 접근한 것 같네.”

“아버지…….”

그의 말에 정소희는 화들짝 놀라서 안색이 창백해졌다. 그가 실언을 해서 이 엄청난 행운을 날려 버릴까 두려웠다.

하지만 정운학은 개의치 않고 할 말을 했다. 그는 일개 무술교두지만 내실만큼은 평범하지 않았다. 이유 없는 호의가 께름칙했던 것이다.

그는 만에 하나 용비에게 나쁜 의도가 있다면 지금이라도 당장 원래 살던 곳으로 돌아가서 예전처럼 궁핍하게 살 각오가 되어 있었다.

"말해주게. 우리에게 이런 엄청난 호의를 베푸는 의도가 무엇인가?"

그러면서 그는 조마조마한 표정을 지었다. 자신의 말로 인해서 갑자기 찾아온 이 놀라운 행운이 송두리째 사라질 수도 있다고 생각했기 때문이다.

그렇더라도 그는 방금 자신이 한 말을 후회하지 않았다. 눈 먼 장님의 행복을 추구하느니 눈 뜬 성한 사람의 가난을 선택하겠다는 의지가 확고했다.

사실 용비가 오늘 결전을 앞둔 중요한 시기에 정운학 부녀를 만나러 온 것은 분명히 짚고 넘어가야 할 일이 하나 있기 때문이다.

그것 때문에 그는 어머니 미령을 여의신벌에서 이곳으로 모시고 왔다.

"한 가지 여쭙겠습니다."

방으로 자리를 옮긴 용비가 탁자 맞은편에 앉은 정운학에게 조용한 목소리로 말했다.

정운학 부녀는 이제부터 본론이 나올 것이라는 생각에 극도로 긴장하여 용비를 주시했다.

“두 분의 가족사(家族史)에 대해서 알고 싶습니다.”

용비의 뜬금없는 말에 두 사람은 의아한 표정을 지었다. 그러나 그가 그렇게 묻는 데에는 그럴 만한 이유가 있을 것이라고 생각했다.

“휴우…… 우리 부녀 둘이서만 살게 된 데에는 그만한 사연이 있었네.”

정운학은 한숨을 내쉬더니 조용하지만 착잡한 표정으로 오랫동안 묵혀둔 어떤 사연을 설명하기 시작했다.

이십이 년 전의 정운학은 풍운방의 하급무사였었다.

당시의 그는 가난한 집안의 외아들로서 부모를 모시고 풍운방이 있는 절강성 동북부 지역 양동현(陽東縣)이라는 곳에서 살았었다.

이십사 세의 혈기왕성한 청년인 그는 어느 날 우연히 거리에서 한 명의 아리따운 여인을 보는 순간 한눈에 반해 버리고 말았다.

넋이 나간 그는 그 여인을 몰래 뒤쫓아 갔으나 그녀가 백화루(百花樓)라는 기루의 기녀라는 사실을 알고 크게 실망하여 발길을 돌렸다.

하지만 그녀를 잊으려고 애쓰면 애쓸수록 도무지 그녀의 모습이 머리에서 떠나지 않아 일도 손에 잡히지 않고 식욕마저 잃었다.

그런데 어느 날 정신을 차리고 보니까 그는 자신이 백화루에 와 있는 것을 발견했다.

그녀를 만나려고 정신이 반쯤 나간 상태에서 무조건 찾아왔던 것이다.

이왕지사 이렇게 된 것 그는 다부진 각오를 하고 그 기녀를 만나서 사랑하고 있다고 고백했다.

미령이라는 기명을 갖고 있는 기녀는 그의 고백에 수줍게 미소 지으면서 자기도 싫지 않다고 대답했다.

그때부터 두 사람의 불같은 사랑이 시작되었다. 그리고 한 달이 지났을 무렵 두 사람은 기루 근처에 방을 얻어서 살림을 차렸다.

정운학은 부모와 함께 살던 집을 나왔으며 미령은 기루로 출퇴근을 했으나 그때부터는 다른 남자 손님하고 일체 잠자리를 하지 않았다.

두 사람은 혼인을 하지 않았으나 부부나 다름이 없는 생활을 했다.

동거를 하는 동안 정운학은 풍운방에는 부지런히 다녔지만 부모하고는 발길을 끊었다.

꼬장꼬장한 부친이 그가 기녀하고 동거를 하는 것을 알면 불호령이 떨어질 것이기 때문이다.

어언 일 년이라는 세월이 흐르고 둘 사이에는 새 생명이 태어났다.

딸인데 이름을 소희라고 지었다. 정소희는 그렇게 해서 태어난 것이다.

아기가 태어나 두 사람의 사랑은 한층 무르익었다. 혼인식만 올리지 않았다 뿐이지 두 사람은 부부나 다름이 없는 생활을 이어갔다.

그러던 어느 날인가 추호도 상상하지 못했던 날벼락이 두 사람을 덮쳤다.

그 날도 여느 때처럼 정운학은 서둘러서 집으로 돌아왔다. 그런데 기다리고 있어야 할 미령과 어린 딸이 어디에도 보이지 않았다.

그가 돌아와서 교대를 해줘야 미령은 아기를 그에게 맡기고 백화루에 일을 갈 수 있는데 두 사람 다 감쪽같이 사라져 버린 것이다.

온갖 불길한 상상을 다 하게 된 그는 한달음에 백화루로 달려갔으나 미령은 어제 이후 오지 않았다는 절망적인 말만 들었다.

미령이 갈 만한 곳은 다 찾아가 봤으나 허사였다. 아무도 그녀를 본 사람이 없었다.

결국 다음날 아침까지도 미령과 아기는 돌아오지 않았다.

정운학은 풍운방에 출근도 하지 않은 채 집에 틀어박혀서 그녀가 돌아오기만 기다리고 또 기다렸다.

사흘… 닷새… 보름, 그렇게 세월이 지났지만 두 사람은 끝끝내 돌아오지 않았다.

절망에 휩싸인 정운학은 하는 수 없이 무거운 발걸음으로 부모가 사는 집으로 돌아갔다.

거기에서 그는 너무도 충격적인 사실을 알게 되었다. 실종됐던 어린 딸 소희가 그곳에 부모와 함께 있었던 것이다.

그리고 부친이 보름 전에 미령에게 찾아가서 혼찌검을 내서 쫓아버리고 딸 소희는 핏줄이라고 뺏어서 집으로 데려왔다는 사실을 알게 되었다.

정운학은 불처럼 화를 냈으나 부친을 죽일 수도 때릴 수도 없는 일이다.

그리고 이미 엎질러진 물이다. 부친에게 무슨 보복을 해도 미령은 돌아오지 않을 것이다.

이후 그는 백화루에 가서 미령이 어디로 갔는지 알아보았으나 허사였다.

양동현 인근의 기루라는 기루는 다 찾아다녔으나 그 역시 아무 소득이 없었다.

부친이 너무 증오스러워서 한 살도 안 된 어린 딸을 안고 집을 뛰쳐나오려고 했으나 딸을 고생시킬 것 같아서 그렇게 하지도 못했다.

그렇게 포악을 떨었던 부친은 그런 짓을 하고 나서 삼 년 만에 거리에서 급사했다.

그리고 시름시름 앓던 모친은 딸 소희가 열 살 때 부친의 뒤를 따라갔다.

그때부터 남겨진 두 사람은 서로를 의지하면서 살았다. 집 안일은 모두 열 살짜리 소희의 차지였다.

한 살도 되기 전에 모친을 잃은 그 어린 것이 아버지의 뒷 바라지를 하면서 오늘날까지 살아온 것이다.

몇 달 전에 풍운방이 양동현에서 항주로 옮기자 정운학 부 녀도 따라서 왔다.

오래지 않아 풍운방 내에서 대대적인 물갈이를 할 때 정운 학은 쫓겨나는 것으로 결정되어 있었다.

그런 절망적인 상황에서 정운학은 앞길이 막막하여 매일 술로 세월을 보냈었다.

바로 그때 용비가 나타나 이들 부녀에게 은혜, 아니, 은총 을 베푼 것이다.

긴 이야기를 끝낸 정운학은 굵은 눈물을 흘리고 있었다. 그 옆의 정소희는 탁자에 엎드려서 울음소리를 참아가며 오열했 다.

이야기를 듣는 동안 용비는 눈물이 쏟아지려는 것을 간신히 참았다.

정운학 부친, 즉 시아버지에게 쫓겨날 당시에 미령은 용비를 임신하고 있었던 것이 분명하다.

이후에 그녀는 항주로 와서 기루의 허드렛일을 하며 혼자서 용비를 낳고 키웠을 것이다.

정운학이나 미령이나 참으로 기구한 삶을 살았다. 두 사람에겐 아무 잘못이 없었다. 잘못이라면 포악한 짓을 한 할아버지에게 있는 것이다.

"그녀를 사랑합니까?"

용비는 착 가라앉은 목소리로 정운학에게 물었다.

정운학은 굵은 눈물을 뚝뚝 흘리면서 주먹을 움켜쥐며 뼈아픈 표정을 지었다.

"그녀를 사랑하느냐고? 허허… 그녀를 죽을 때까지 사랑하는 것이 내 숙명일세."

용비의 가슴이 미어졌다.

"그럴 리는 없으나…… 그녀 미령을 다시 만날 수만 있다면 부친이 그녀에게 저지른 짓을 평생 속죄하면서 살고 싶네."

정소희는 비 오듯이 눈물을 흘리며 흐느끼듯 말했다.

"아버지께선 단 한 번도 여자에게 눈길을 준 적이 없었어요. 매일 저에게 어머니가 얼마나 예쁘고 착했는지…… 요리는 또 얼마나 잘했었는지 귀가 닳도록 칭찬을 하셨어요…….
그런 말씀을 하실 때의 아버지는 무척이나 행복한 표정이었
어요. 아버지에겐 어머니뿐이셨어요.”

“알겠습니다.”

용비는 기쁜 마음으로 고개를 끄떡이고 나서 일어나 문 쪽
으로 걸어갔다.

정운학 부녀는 그가 이제 가는 것이라 여겼다. 그런데 그가
어째서 정운학 부녀에게 이런 은혜를 베풀었는지에 대해서는
말하지 않는 것인지 이상하게 생각했다.

하지만 그런 마음을 접고 그를 배웅을 하기 위해서 따라 일
어났다.

용비는 천천히 문을 열었다. 그러자 문 밖에 어머니 미령이
서서 구슬 같은 눈물을 흘리고 있었다.

그리고 그녀 뒤에는 한정과 수진랑, 옥연 등이 나란히 서서
역시 소리 없이 울고 있었다.

방 안에서 흘러나오는 정운학의 이야기를 듣고 울지 않을
사람이 없었다.

요즘의 미령은 심신이 편해져서 예전의 고생하던 깡마르
고 늙은 모습이 많이 가셨으나 그래도 젊은 시절의 모습은 남
아 있지 않았다.

“억!”

그런데 미령을 발견한 정운학이 갑자기 목이 콱 막히는 듯
한 비명을 질렀다.

그는 쓰러질 듯이 비틀거리며 미령에게 다가가며 실성한
것처럼 중얼거렸다.

"오오……, 미령… 설마… 미령 당신이란 말이오……?"

미령이 흘리는 폭포 같은 눈물이 주름지고 깡마른 얼굴로
흘러내렸다.

"여보……."

그녀는 가슴이 미어져서 더 이상 말을 잇지 못했다.

"오오……. 이게 꿈인가 생시인가……. 내 살아생전에 미
령을 만나다니…… 어흑흑!"

정운학은 그 자리에 주저앉아 제 가슴을 쥐어뜯으며 흐느
껴 울었다.

"용서하시오, 미령…. 내가 못난 놈이오……. 얼마나 고생
이 많았소… 나를 욕하시오……."

오열하다가 정운학은 입에서 피를 왈칵 쏟아내고는 그대
로 혼절해 버렸다.

미령을 만나 너무 격동했기 때문이고 마음의 상처가 너무
컸기 때문이다.

"여보!"

미령은 찢어질 듯이 외치며 정운학을 얼싸안았다. 장장 이

십 년 만에 안아보는 남편이다.

용비가 즉시 부드러운 주작공기를 주입하자 정운학이 부스스 깨어났다.

정운학은 자신의 앞에 앉아서 울고 있는 미령을 발견하고 조금 전의 그것이 꿈이 아니라는 사실을 깨닫고는 또다시 감격에 겨워했다.

그는 미령을 이십여 년 만에 다시 만난 것이 지금까지 자신에게 쏟아진 행운을 다 합친 것보다 더 소중했다.

"미령……."

"여보!"

두 사람은 꿈인 듯 서로를 끌어안고 눈물을 흘리며 떨어질 줄 몰랐다.

그 광경을 지켜보는 사람들 모두 눈물을 흘리며 함께 기뻐해 주었다.

정소희는 서 있지 못하고 바닥에 주저앉은 채 소리 죽여서 흐느껴 울었다.

미령은 정소희의 흐느끼는 울음소리에 비로소 정신을 차리고 정운학의 품에서 벗어나 정소희를 바라보며 떨리는 두 손을 뻗었다.

"소희야…… 네가 내 딸 소희로구나……."

"어머니……."

또 한 번의 감격적인 상봉이 이루어졌다. 부부의 상봉하고는 또 다른 의미의 기쁜 상봉이다. 모녀는 죽을 것처럼 울음을 터뜨리며 서로를 힘껏 부둥켜안은 채 어머니와 소희를 거듭해서 불렀다.

한참이 지나서야 한바탕 소동이 가라앉았다.

그런데도 미령과 정운학, 정소희 세 사람의 눈에서는 눈물이 그치지 않았다.

그러나 지금은 행복에 겨운 눈물이다. 미령은 양쪽에 서 있는 정운학과 정소희를 꼭 안은 채 얼굴 가득 행복한 미소를 지었다.

"여보, 드릴 말씀이 있어요."

"말하시오."

미령의 말에 정운학은 그녀의 야윈 뺨을 쓰다듬으며 그윽한 미소를 지었다.

"그 당시에 저는 임신을 한 상태였어요."

"그… 렇소?"

그 당시라는 것은 정운학 부친에게 쫓겨났을 때를 가리키는 것이다.

정운학은 놀라서 눈을 휘둥그렇게 떴다.

"그래서 어찌 되었소? 순산했소?"

“네.”

“그 아이는… 아들이오? 아니면 딸이오?”

“아들이에요.”

미령은 수줍은 미소를 지었다.

그녀의 대답에 정운학과 정소희의 만면에 생기가 가득하고 기쁨이 넘쳐흘렀다.

이윽고 자신의 차례가 된 용비는 정운학의 앞으로 나서 공손히 큰절을 올렸다.

“소자 아버님께 인사드립니다.”

“어……”

“아……”

정운학과 정소희는 아무 말도 하지 못하고 대경실색하여 용비만 바라보았다.

용비는 정운학이 무슨 말을 할 때까지 바닥에 엎드린 상태로 기다렸다.

그렇지만 정운학과 정소희는 한참이 지나도록 아무 말도 하지 못했다.

그저 가슴이 먹먹해서 귀신에 홀린 듯한 표정으로 용비를 바라보고 있을 뿐이다.

“저 아이를 언제까지 저렇게 놔둘 건가요?”

미령이 곱게 눈을 흘기며 한마디하자 그제야 정운학 부녀는 정신이 번쩍 났다.

"어허허허…… 자네가…… 내 아들이라니…… 허허헛!"

정운학이 비틀거리며 용비에게 다가가면서 웃는데 두 눈에서는 닭똥 같은 눈물이 펑펑 쏟아졌다.

"그랬었군, 그랬었어……. 네가 아비를 찾아온 것이었어… 헛헛헛! 못난 아비를 네가 수렁에서 건져주었구나…. 아비는 네게 해준 것이 없거늘……."

그는 무릎을 꿇고 온 마음으로 용비를 으스러지게 끌어안고 그의 머리를 쓰다듬었다.

"정말 잘 커주었구나 내 아들아…… 나는 너무 복이 많은 사람이다……."

"아버님."

이때만큼은 용비도 눈물을 참지 않았다. 그는 눈물이 흐르는 대로 내버려 두고 마주 정운학을 힘껏 안았다.

잠시 후에 용비는 일어나서 정소희와 마주섰다.

"누님."

"네……."

정소희는 그저 울고 또 울 뿐이다. 그녀에겐 용비가 동생이라기보다는 은인이라는 느낌이 더 컸다.

미령이 미소 지으며 참견했다.

"한 살 터울인데 누님은 징그럽다. 누나라고 불러라 비야.

그리고 소희 너는 동생에게 말을 놓아야지."

"누나."

용비는 두 손을 뻗어 정소희의 까칠한 뺨을 부드럽게 감싸
며 감격했다.

"내게 누나가 있다니… 너무 기뻐서 말이 안 나온다."

"응, 나도……."

정소희는 고개를 끄떡이면서 눈물을 그치지 못했다.

용비는 행여 부서지기라도 할까 봐 정소희를 조심스럽게
가슴에 안았다.

그는 자신의 품속에서 그녀가 비에 젖은 가련한 한 마리 새
처럼 와들와들 떨고 있는 것을 느꼈다.

정소희는 용비 품에 안겨서 그의 허리를 두 팔로 꼭 끌어안
고 중얼거렸다.

"용비, 내 동생…… 용비야……."

第八十八章 혈풍 속의 소십천(小十天)

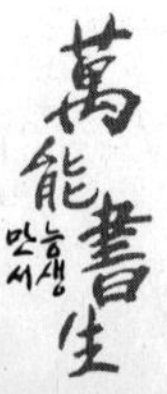

용비와 정소희, 미령과 정운학은 탁자에 나란히 앉아 있고
그 앞에 한정과 수진랑, 옥연이 일렬로 섰다.

정운학과 정소희는 이처럼 아름다운 절세미녀 세 명이 왜
자신의 앞에 서 있는지는 모르지만 필경 용비하고 연관이 있
을 것이라고 어렴풋이 짐작했다.

미령은 온화하게 미소 지으며 가운데 서 있는 한정을 가리
키며 설명했다.

"저 아이가 용비의 첫째 부인이에요."

"첫······ 째?"

예상하지도 못했던 느닷없는 말에 정운학과 정소희는 대경실색했다. 한정 같은 미녀가 용비의 부인이라는 사실도 놀랍지만, 첫째 부인이라는 것은 그 뒤에 둘째도 있다는 뜻이기 때문이다.

"아직 정식으로 혼인식을 올리지는 않았으나 저 아이가 첫째 부인인 것은 분명해요. 그리고 저 아이는 천추문 소문주 한정이라고 해요."

"이… 이런 맙소사!"

정운학은 벌떡 일어서며 비명처럼 외쳤다. 그리고는 반사적으로 한정에게 허리를 굽혔다.

"소… 소인이 소문주를 뵈옵니다……."

누가 말릴 새도 없이 튀어나온 하급무사로서의 본능적인 반응이었다.

"호호홋! 세상천지에 어떤 시아버치가 며느리에게 굽실거리나요?"

미령이 명랑한 웃음을 터뜨리고서야 퍼뜩 정신이 드는 정운학이다.

"아… 그런가?"

입으로 말은 그렇게 하지만 한때 절강성의 패자였던 천추문의 소문주이며 항주이미 중 내미인인 한정이 며느리라니 놀라서 입을 다물지 못했다.

이것은 지금까지 벌어진 일들 중에서 가장 믿기 어려운 사실이었다.

한정은 미령으로부터 첫째 부인이라고 지목을 받자 날아갈 듯이 기뻤다.

거기에 대해서 수진랑이나 옥연은 불만이 없다. 그녀들도 그렇게 생각하고 있었기 때문이다.

"한정이 아버님을 뵈어요."

한정이 한 마리 백학처럼 우아하게 절을 올리자 정운학은 기겁해서 그녀에게 다가갔다.

그러나 감히 그녀를 만지거나 일으키지는 못하고 당황해서 어쩔 줄을 몰랐다.

"어… 어서 일어나십시오. 감당하지 못하겠습니다……."

"또 그러신다."

미령이 예쁜 핀잔을 주자 정운학은 이러지도 저러지도 못하고 허둥거렸다.

한정이 일어난 후에 미령은 이번에는 당당하게 우뚝 서 있는 수진랑을 가리켰다.

"저 아이는 둘째 부인이에요. 수진랑이라고 하죠."

정운학이 보기에 수진랑도 비길 데 없는 미인이었다. 단지 씩씩하다는 것이 다를 뿐이다. 그런데 수진랑이라는 이름을 어디에서 들어본 것 같았다.

“설마…… 검귀?”

수진랑이 씁쓸한 표정을 짓자 뒤에 서 있는 옥연이 깔깔 웃었다.

“호호홋! 항주 일대 공포의 존재 검귀가 아버님의 둘째 며느리라니 겁나시죠?”

“으헛! 검귀!”

한순간 정운학은 자신도 모르게 비명 같은 외침을 내지르며 흠칫 몸을 떨었다.

절강무림에서 검귀를 모르면 무림인이라고 할 수가 없다. 그녀는 그만큼 유명한 존재다.

그런 소름끼치도록 무서운 존재가 둘째 며느리라니 정운학으로선 오금이 저릴 일이다. 그녀가 며느리라는 사실마저도 망각할 정도다.

슥…….

수진랑이 절을 하기 위해서 앞으로 나서자 정운학은 자신도 모르게 주춤거리며 뒤로 물러섰다.

그러자 수진랑이 씨익 살벌한 미소를 지으면서 중얼거렸다.

“아버님, 한 걸음만 더 물러서시면 어쩔 수 없이 검을 사용할 겁니다.”

“네… 넵!”

정운학은 그녀가 절을 하고 일어날 때까지 그 자리에 석상이 되어 꼼짝도 하지 못했다.

정운학과 정소희의 시선이 옥연에게 향했다. 그녀가 용비의 셋째 부인일 것이라고 짐작한 것이다. 첫째, 둘째에 이어서 셋째 부인까지 절세미인을 거두다니 정신을 차리지 못할 지경이다.

두 사람은 옥연을 보면서 눈이 부신 듯 눈을 제대로 뜨지 못했다. 이날 이때까지 이렇게 아름다운 사람을 본 적이 없기 때문이다.

그런데 미령은 옥연을 조금 전에야 봤기 때문에 그녀가 누군지 모른다.

그래서 그녀를 소개하지 못하고 우물쭈물하며 용비의 눈치를 살폈다.

일이 이런 지경에 이르자 재치 있는 옥연은 스스로 자신을 소개했다.

"소녀는 옥연이라고 해요."

"옥연?"

미령은 들은 적이 있는 듯 고개를 갸웃거리고 정운학도 마찬가지였다.

한정이 배시시 미소 지으며 미령의 손을 잡았다.

"그녀는 이곳 화봉각의 각주에요."

"엑?"

"와앗!"

이번에는 미령과 정운학이 동시에 놀라 목젖이 보일 정도로 비명을 질렀다.

미령은 기계(妓界)에 몸담고 있었기 때문에 그쪽 방면에 대해서는 늘 귀를 열어두고 있는 편이라 화봉각에 대해서 잘 알고 있다.

그런데 아들의 셋째 부인이 항주제일루인 화봉각의 각주라니 도대체 이것을 믿어야 할지 말아야 할지 정신이 하나도 없었다.

정운학은 두말할 것도 없이 화봉 옥연에 대해서 너무나 잘 알고 있다.

절강성 최고의 거부이며 한정과 더불어 항주이미의 외미인인 천하절색이 바로 그녀다.

뿐인가. 정운학이 화봉각의 총교두가 됐으므로 그녀는 그의 최고 상전인 셈이다.

화려한 옷을 입고 머리를 궁장으로 우아하게 틀어 올려 마치 봉황 같은 옥연은 살랑살랑 걸어 정운학과 미령 앞에 멈춰서 보기만 해도 가슴이 떨리는 눈부신 미소를 지었다.

"아버님, 어머님. 소녀의 절을 받으시어요."

"어이구… 각주……."

정운학이 그녀 앞에 구부정하게 몸을 숙이며 맞절을 하려고 하자 미령이 붙잡았다.

"당신이 이러시면 비아 체면이 구겨져요."

"아… 그런가?"

정운학은 미소 짓고 있는 용비를 보고서야 일어나서 자세를 바로잡았다.

한정과 수진랑, 옥연은 시누이인 정소희 주변에 몰려 앉아서 다정하게 이야기를 주고받았다.

용비 일가족은 커다란 탁자에 둘러앉아서 지나간 일들과 앞으로의 얘기로 시간 가는 줄 모르고 담소를 나누었다.

지금 시각은 신시(오후4시)다. 절강성 평정 계획 실행시각은 해시(밤10시)니까 아직 시간은 넉넉하다.

하지만 최고 지휘자인 용비는 할 일이 많다. 그런데도 그는 자리에서 일어나지 못하고 있다.

그는 이런 자리를 좀 더 일찍 마련하지 못한 것이 못내 후회스러웠다. 그는 지금 일생에서 가장 행복한 순간을 보내고 있었다.

"하하하! 아들과 며느리를 한꺼번에 넷이나 얻다니 이렇게 기쁜 일은 내 생전 처음이다!"

정운학은 연신 웃음을 감추지 못하면서 용비의 어깨를 두드리며 즐거워했다.

그때 수진랑이 의미심장한 말을 꺼냈다.

"아버님, 어쩌면 며느리가 한 명 더 있을지도 몰라요."

"그게 무슨 말이냐?"

정운학과 미령이 동시에 놀라서 물었다. 아니, 두 사람뿐만 아니라 당사자인 용비와 정소희, 옥연마저도 놀랐다. 그러나 한정은 그녀가 무슨 말을 하려는 것인지 짐작하고 조심스러운 표정을 지었다.

옥연이 수진랑의 팔을 붙잡고 흔들며 다그쳤다.

"둘째 언니, 그게 무슨 말이에요? 용랑에게 다른 여자가 있다는 말인가요?"

나이가 두 살이나 많은 옥연이지만 셋째 부인이다 보니까 둘째를 윗사람으로 대접하는 것이다.

더구나 겉보기에도 옥연은 성숙한 수진랑보다 서너 살은 어린 것 같아서 자연스럽게 보였다. 체구로 보나 외모로 보나 옥연은 수진랑의 막내 같았다.

용비는 수진랑이 무슨 말을 하려는지 뒤늦게 짐작하고 씁쓸한 표정을 지으며 그러지 말라는 표정을 지었으나 수진랑은 모른 체했다.

"허실이 있잖아."

수진랑은 에라 모르겠다는 식으로 툭 내뱉었다.

허실에 대해서는 미령이나 옥연도 알고 있다. 하지만 용비가 그녀하고 깊은 관계일 것이라고는 생각하지 않았다.

용비가 그 정도로 아무에게나 내두르고 다니지는 않았을 것이라고 믿었다.

또한 그녀들이 봤을 때 허실은 용비하고 남매처럼 보였을 뿐 이성적인 관계라고는 생각하기 어려웠었다.

한정과 수진랑은 용비가 나부파로 떠날 때는 허실과 함께 출발했다가 나중에 혼자 돌아온 것에 대해서 이상하게 생각하고 있었으나 묻지는 않았다.

용비가 무척 괴로운 표정을 짓고 있어서 괜히 상처를 줄까봐 염려했던 것이다.

옥연도 정보망을 통해서 용비에게 허실이라는 기가 막히게 아름다운 여자가 생겼다는 사실은 알았으나 나부파에 갔던 용비가 나중에 혼자서 돌아왔다는 보고를 듣고는 그다지 신경 쓰지는 않았었다.

그러나 아무것도 모르는 정운학은 오로지 넷째 며느리에 대해서 궁금할 뿐이다. 그는 용비를 보면서 진지한 표정으로 물었다.

"비야, 허실이라는 여자가 네 아내냐?"

그는 궁금해서 물었을 뿐인데 한정이나 수진랑 등에게는 단도직입적으로 물은 것이 됐다.

용비는 아버지가 묻는 말에 거짓말을 하거나 침묵을 지킬 수가 없게 되었다.

그는 어쩔 수 없이 이 기회에 허실에 대한 자신의 속마음을 곳간에 쌓아둔 곡식을 다 끌어 내놓듯이 경균도름(傾困倒廩)해야겠다고 마음먹었다.

그는 모두의 시선을 한 몸에 받으며 잠시 뜸을 들이다가 가라앉은 목소리로 입을 열었다.

"그녀는 제 아내입니다."

그는 그녀에 대한 자신의 애정을 부인할 생각이 추호도 없었다.

그것은 그녀에 대한 모욕이라고 생각했다. 또한 그는 허실을 어느 누구보다 사랑하고 있다.

한정과 수진랑은 짐작했다는 듯 그다지 놀라지 않았다. 단지 옥연과 미령은 크게 놀라 말을 잊은 듯했다.

"그녀는 어떤 여자냐?"

아무것도 모르는 정운학이 또 물었다. 그 물음 역시 한정 등이 몹시 궁금하게 여겼던 것이다.

"그녀의 본명은……"

용비는 허실을 생각하니까 가슴이 먹먹해지고 코끝이 아렸다. 그녀는 그에게 아픈 손가락 같은 존재다.

"도영매라고 합니다."

"좋은 이름이구나."

정운학은 흐뭇한 미소를 지으며 고개를 끄떡였다. 그녀도 세 명의 며느리처럼 아름답고 훌륭할 것이라고 나름대로 짐작했다.

사람들은 처음 듣는 이름이라는 듯 고개를 갸웃거리며 싱숭생숭한 표정을 지었다.

"설마……."

그런데 유독 옥연 혼자 적잖이 놀라는 표정을 지으면서 중얼거리자 모두들 그녀를 주시했다.

성미 급한 수진랑이 옥연을 다그쳤다.

"도영매가 누군지 아는 거야?"

"제가 생각하는 그 사람인지는 확실하지 않아요."

"말해봐. 그럼 용비가 확인해 줄 테니까."

수진랑이 거침없이 용비라는 이름을 말해도 상황이 상황이라서 아무도 문제 삼지 않았다.

옥연은 용비를 바라보며 벌써부터 놀라는 마음을 억누르려 애쓰면서 입을 열었다.

"제가 아는 도영매라는 이름은 절대십천의 열 명의 절대자 중에 한 사람이에요."

갑자기 좌중이 고요했다. '절대십천 열 명의 절대자' 가 무엇인지, 얼마나 거대한 존재인지 모르는 사람은 실내에 아무도 없다.

하다못해 무림에 대해서 문외한인 정소희마저도 그 말이 무슨 뜻인지 알고 있을 정도다.

옥연이 그렇게까지 말하자 한정은 퍼뜩 떠오르는 것이 있어서 대경실색했다.

"그럼… 절대십천의 주천주 도영매라는 말인가요?"

"네, 저는 도영매라는 이름을 듣는 순간 제일 먼저 그 사람이 생각났어요."

이제 남은 것은 용비의 대답이다. 그는 진중한 표정으로 고개를 끄떡였다.

"그녀가 맞다."

"아……."

"맙소사……."

마침내 용비가 인정하자 실내의 모든 사람이 탄성과 한숨을 터뜨렸다.

도대체 이것을 어떻게 받아들여야 할지 알 수 없다는 표정으로 용비만 바라볼 뿐이다.

용비는 어쩔 수 없이 허실을 잃어버렸던 그 상황에 대해서 설명해야만 했다.

그가 설명하는 동안 실내에는 무덤 속 같은 정적이 흘렀으며 눈을 깜빡이는 사람조차 없었다.

그의 무위에 대해서 알고 있는 사람은 그들대로 놀라면서 들고, 전혀 모르는 정운학은 입에 거품을 문 듯한 얼굴로 들었다.

"그럼 네가 변천주를 죽인 거야?"

그의 설명이 끝나자마자 이번에도 성미 급한 수진랑이 대뜸 물었다.

"그가 죽었는지는 모르겠다. 불길에 휩싸인 것을 보면서 나는 낭떠러지 아래로 추락했으니까."

"용랑의 백호공기에 적중되어 불타고 있었다면 변천주는 죽었을 거예요. 보통 불길이 아니니까요."

한정의 말에 용비의 만절사신공에 대해서 알고 있는 수진랑과 옥연은 고개를 끄떡이며 수긍했다.

그러나 정운학은 그럴 수가 없다. 그는 일개 무사로서 풍운방에서 무술교두를 해오면서 절대십천의 절대자들이 무림최강이라는 사실을 잘 알고 있다.

그런데 자신의 아들이 그 절대자를 죽였다는 사실에 혼비백산해서 기함을 할 지경이다.

더구나 모두들 그 사실을 당연한 듯이 여기고 있다는 것이 도저히 이해할 수 없었다.

'용비, 내 아들 용비가 그렇게나 굉장하다는 말인가? 도대체 이것은……'

용비를 바라보는 정운학의 눈에 또다시 눈물이 차올랐다.

그는 원래 과묵하고 눈물을 흘릴 줄 모르는 사내였으나 오늘 평생 흘릴 눈물을 모두 쏟아내고 있다.

"아마 변천주는 도영매, 아니, 허실을 제압하여 수하들에게 맡겼던 것 같아요. 이후 변천주가 죽었으나 수하들이 그녀를 절대십천으로 데려가지 않았겠어요?"

한정이 추리를 하여 명확한 결론을 내렸다. 용비도 그렇게 짐작하고 있었다.

용비가 허실을 아내로 인정한다는 것은 그녀와 정사를 했다는 뜻이라는 것을 모두 알고 있다.

그런데도 매사 꼭 확인을 해봐야 직성이 풀리는 수진랑이 나섰다.

"허실하고 잤어?"

"그래."

모두들 그럴 줄 알았다는 표정이다.

정운학이 혀를 내둘렀다.

"아비는 하나밖에 없는 아내도 감당을 못했었는데 너는 정말 대단하구나."

그는 감당을 제대로 못해서 미령을 잃었다는 뜻으로 말한 것인데 다들 용비의 정력이 대단하다는 쪽으로 잘못 알아들었다.

그 말에 가만히 있을 옥연이 아니다.

“용랑 대단해요, 아버님. 아마 우리 세 명을 한꺼번에 상대해도 끄떡없을 걸요?”

한정과 미령은 망측스러워서 얼굴을 붉히는데 수진랑은 개의치 않고 용비에게 물었다.

“이제 어떻게 할 거야?”

용비는 지그시 어금니를 깨물었다.

“절대십천을 깨부수고 허실을 찾아와야지.”

“설마 절대십천 태천주가 허실의 아버지라는 사실을 모르고 있는 것은 아니겠지?”

“안다.”

“그래도 죽일 수 있어?”

“물론이다.”

정운학은 절대십천 절대자를 죽이고 또 천하제일인 태천주를 죽이느냐마느냐라는 이들의 대화가 딴 세상 사람들의 것으로 들렸다.

“자기 아버지를 죽이는데 허실이 괜찮을까?”

용비는 거침없이 대답했다.

“만약 그녀가 나하고의 기억을 잃어버리지 않았다면 괜찮을 것이다.”

이야기가 나온 김에 그는 이제 계획을 실행해야겠다고 생각했다.

"아버님, 이곳에서 어머니와 계십시오. 저는 볼일을 보고
오겠습니다."

정운학은 오늘 같은 날은 이십 년 만에 만난 가족과 함께
있고 싶어서 아쉬운 표정을 지었다.

"어딜 가는 게냐?"

이번에는 옥연이 톡 나섰다.

"용랑께선 풍운방을 쓸어버리러 가시는 거예요, 아버님."

"풍운방을?"

앉아 있던 정운학이 벌떡 일어섰다.

한정이 차분하게 설명했다.

"저희는 오늘 밤에 항주의 절대십천 세력과 풍운방을 공격
해서 괴멸시킬 거예요."

"아……."

정운학은 정신이 나간 표정을 지었다.

"그래서 용랑이 오늘 밤의 공격에서 아버님을 구하기 위해
서 만나러 갔던 거지요."

"그… 랬었느냐?"

일단 싸움이 벌어지면 풍운방이나 그들을 추종하는 방, 문
파의 수하들은 모조리 소탕될 것이다.

아비규환이 벌어지면 우리 편과 적, 그리고 죽이고 죽는 일
만 있을 뿐이다.

정운학은 짐작조차 하지 못한 아들의 거대함을 조금쯤은
알 수 있을 것 같았다.

*   *   *

절대십천에서 내려온 수백 명의 고수들은 모두 풍운방에
묵고 있다.

현재 풍운방은 천추문 자리에 예전보다 서너 배 더 거대하
게 증축을 했으며 세력 또한 더욱 확장하여 천오백여 수하들
을 거느리고 있는 상황이다.

풍운방에서 가장 중심부에 열 개의 전각이 모여 있다. 그곳
에 절대십천의 육령삼대와 칠령오부 여덟 개 부서가 전각을
하나씩 차지하고 있다.

전각 열 채 중에서 나머지 두 채는 이곳의 절대십천 고수들
을 시중드는 사람들, 즉 숙수와 하인, 하녀들이 기거하거나
일을 하는 곳이다.

풍운방 사람들은 얼씬도 못하는 이곳은 소십천(小十天)이
라고 불린다. 작은 절대십천이라는 뜻이다.

현재 소십천은 뒤숭숭하다. 절대십천 열 명의 절대자 중 서
열 사 위인 호천주와 그의 최측근 호위고수 호천쌍위가 며칠
째 실종된 상태이기 때문이다.

호천주가 없는 상황에서 소십천의 최고 지휘자는 육령삼대 중에 수위인 질풍신대의 대주다.

소십천에서는 만능서생 용비가 호천주와 호천쌍위를 죽였을 것이라고는 단 일 푼도 생각하지 않는다.

그들이 알고 있는 만능서생의 무위는 그가 나부파에 다녀오기 전의 수준으로 멈춰져 있다.

그러므로 그가 만절사신공을 터득했을 것이라고는 꿈도 꾸지 못하는 것이다.

이들은 단지 주색잡기를 좋아하는 호천주가 호천쌍위를 이끌고 어딘가 기루나 풍광이 좋은 명승지에 처박혀 있을 것이라고 추측하고 있는 정도다.

第八十九章 절강평정

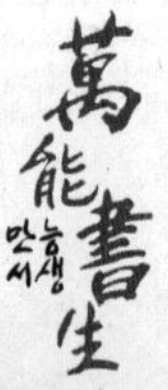

해시(밤10시)가 조금 넘은 시각.

소십천으로 일곱 개의 흑영이 스며들었으나 아무도 발견하지 못했다.

용비를 비롯한 만절사신과 금은쌍매가 한결같이 흑의야행복을 입고 잠입했다.

풍운방이나 소십천에서 무공으로 이들을 능가할 고수는 없으므로 이들의 잠입이나 기척을 감지하지 못하는 것은 당연한 일이다.

용비는 만절사신만 데리고 오려 했지만 금은쌍매가 막무

가내었다.

자신들이 용비의 종으로 거두어진 이상 죽으나 사나 그와 생사를 함께 해야 한다는 것이다. 두고 갈 바에는 차라리 죽여달라고 억지를 부렸다.

다행히 금은쌍매의 무공수위는 둘의 합공을 허실이 당해내지 못할 정도로 고강하기 때문에 오늘 밤의 급습에 도움이 될지언정 피해는 주지 않을 터이다.

오늘 밤 대공격의 시작은 당연히 용비 일행이다. 그들이 소십천의 고수들을 급습하고 성공적으로 진행되어 신호를 보내면 밖에서 대기하고 있던 여의신벌이 일제히 풍운방을 공격하게 될 것이다.

그러나 소십천 급습이 성공할 것이라고 누구도 장담할 수 없는 상황이다.

육령삼대와 칠령오부 모두 합쳐서 오백오십여 명이나 되기 때문이다.

알다시피 그들 모두는 한 명 한 명이 날고 기는 초일류급 고수들이다.

용비 일행 일곱 명이 그들 오백오십여 명을 한꺼번에 상대하는 것은 자살행위다.

용비가 제아무리 절정의 수준에 올랐다고 해도, 그리고 수진랑 등이 만절사신도의 절학을 한 가지씩 익혔다고 해도 오백오십여 명하고의 정면대결은 절대로 무리다.

그렇기 때문에 급습이 발각되기 전까지 쥐도 새도 모르게 최대한 많은 적을 죽여야 한다. 물론 한두 명씩 차근차근 죽일 것이다. 그러므로 이것은 급습이라기보다는 암습이라고 해야 옳다.

용비 일행은 사전에 옥연이 입수한 정보에 따라서 소십천에 대해 상세하게 숙지를 해두었던 터라 제집 앞마당처럼 거침없이 진입했다.

이들의 첫째 제물은 질풍신대다. 그들이 육령삼대의 제일대이고 소십천 전체의 우두머리급이기 때문이다. 독사의 대가리부터 자르고 나면 몸뚱이는 무용지물 꼼짝하지 못한다는 것이 용비의 작전이다.

용비와 만절사신, 금은쌍매는 풍운방에 잠입하기 전에 각자 할 일을 분담했다.

육령삼대의 질풍신대가 묵고 있는 전각의 꼭대기 층부터 방 하나씩을 덮치되 만절사신과 금은쌍매는 방 입구와 통로, 창 등 탈출구를 지킨다.

방 한 칸에 적이 몇 명이 있든 용비는 혼자서 모두 처리할 수 있다.

문제는 밖으로 새어 나갈지 모르는 소음과 그 시간에 통로를 오가거나 다른 방에서 나올지도 모르는 자들이다. 그들을 맡는 것이 만절사신과 금은쌍매다.

육령삼대의 질풍신대가 묵고 있는 전각은 삼 층이다.

육령삼대 각 대는 백 명씩이고 이 전각이 질풍신대의 거처
는 맞지만 그들 백 명이 이 시각에 모두 전각 안에 있을 것인
지는 확실하지 않다.

특별한 일이 없는 한 대주는 수하들의 자유를 구속하지 않
고 마음대로 할 수 있도록 방임하고 있다. 질풍신대 고수 각
자가 웬만한 방, 문파의 우두머리를 하고도 남을 실력의 소유
자들이기 때문이다.

그러므로 지금 시각에 풍운방 밖에 있는 자들도 있을 것이
고, 나름대로 만능서생을 찾기 위해서 동분서주하는 자들도
있을 터이며 각자 제 할 일을 하고 있을 것이다.

그렇다고 해도 절반 이상은 전각 안에 있을 것이라는 게 용
비의 추측이다.

용비 일행은 질풍신대가 묵고 있는 전각 삼 층에 잠입했다.
거기가 꼭대기 층이다.

계단을 올라가면 양쪽으로 복도가 있으며, 복도 양쪽에 방
들이 죽 이어지고 끝에 창이 있다.

만절사신의 호신위(虎神衛) 수진랑과 용신위(龍神衛) 낙혼
이 계단 위 통로가 양쪽으로 나뉘는 곳을 지키고 봉신위(鳳神

衛) 반아미와 흑신위(黑神衛) 뇌웅이 통로 양쪽 끝 창으로 달려갔다.

그리고 용비는 금은쌍매와 함께 계단을 등지고 왼쪽 통로 오른쪽 첫째 방부터 들이닥쳤다.

척—

용비는 태연하게 방문을 열고 안으로 들어섰으며, 방 입구 양쪽을 검을 뽑아든 금은쌍매가 지켰다.

조사한 정보에 의하면 육령삼대는 각 방에 한 명씩 기거한다고 했다.

처음 들어간 방에서는 질풍신대 고수, 즉 질풍고수 한 명이 자신의 무기인 꽤 큼직한 도의 날을 숫돌에 갈고 있다가 들어서는 용비를 힐끗 쳐다보았다.

"뭐냐?"

일신에 먹물 같은 흑의를 입고 무기도 지니지 않은 채 들어서고 있는 용비를 질풍고수는 별로 경계하지 않고 여전히 도를 갈면서 조용한 목소리로 물었다.

전각에서 일하는 사람으로 본 것 같았다. 그러지 않더라도 질풍고수쯤 되면 침입자를 전혀 두려워하지 않는다. 그만한 실력이 있기 때문이다.

용비는 들어서면서 호신막을 일으켰기 때문에 어떤 소리도 이 방 밖으로 새어 나가지 않을 것이다.

슛—

용비는 가타부타 말 한마디 없이 질풍고수를 향해 가볍게 오른손을 떨쳤다.

순간 거무튀튀한 잿빛 운무가 빛처럼 빠르게 질풍고수를 향해 뿜어졌다.

질풍고수는 암습이라고 판단하여 흠칫 표정이 변하는 것과 동시에 즉시 숫돌에 도를 가는 동작을 멈추었다.

그러나 그의 행동은 그것뿐이다. 그는 이후 잿빛 운무를 피하는 것과 동시에 용비에게 반격하려고 했으나 그것은 희망으로 끝났다.

퍽!

잿빛 운무가 오른쪽 옆을 보이고 앉아 있는 질풍고수의 어깨에 적중되자 물먹은 베개를 막대기로 슬쩍 툭 건드린 듯한 미약한 음향이 터졌다.

그것으로 끝이다. 질풍고수는 용비를 쳐다보면서 놀라는 표정을 짓는 도중에 온몸이 급속하게 수축되면서 순식간에 먼지로 화하고 말았다.

관 속의 시체가 수십 년의 세월이 흐르면서 썩는 과정이 찰나지간에 벌어지는 것 같았다.

그리고는 그가 앉아 있던 바닥에 한 무더기 희뿌연 뼛가루 같은 재가 수북이 남았다.

방금 전에 용비가 전개한 것은 만절사신공 중에서 파멸공이라고도 부르는 흑신마경이다.

더 세밀하게 분류하자면 흑신마경의 세 가지 수법 중에 하나인 흑사화(黑死化)라는 것이다.

고도로 응축되고 또한 발전된 현무공기가 발출되어 빛보다 빠르게 표적에 적중되고, 몸에 닿는 순간 무엇이든지 재로 만들어 버린다.

재처럼 보이지만 사실 본디의 것, 즉 생물이기 이전의 원소로 돌아가는 것이다.

입구에서 두 걸음쯤 걸어 들어갔던 용비는 다음 방으로 가려고 몸을 돌렸다.

바로 그때 의외의 변수가 발생했다. 금은쌍매가 서 있는 맞은편 방문이 열리고 있는 것이다.

척!

입구를 지키고 서 있던 금은쌍매는 재빨리 맞은편 방으로 쏘아갔다.

거리가 반 장 조금 넘기 때문에 몸을 날리자마자 맞은편 방문이 열리고 있는 입구에 이르렀다.

삭—

방 안에서 걸어 나오던 질풍고수 한 명이 영문도 모른 채 금매의 검에 목이 잘려 신음조차 지르지 못하고 몸이 기우뚱 앞으로 수그러졌다.

　그러면서 목이 잘리며 분리된 머리통이 몸보다 더 빨리 뚝 아래로 떨어졌다.

　금매가 질풍고수의 몸뚱이를 잡고 은매가 머리통을 발등 위에 살짝 얹었다.

　쿨럭…….

　그런데 질풍고수의 잘려진 목에서 커다란 한 방울의 핏방울이 불거졌다. 목이 잘라졌으니까 곧 피분수가 뿜어질 것이라는 전조다.

　금은쌍매의 얼굴이 당황으로 물들었다. 목에서 피가 뿜어지고 바닥에 쏟아지면 제법 요란한 소리가 날 것이기 때문이다.

　[물러나라.]

　순간 용비의 목소리가 금은쌍매의 머릿속에서 울리자 그녀들은 그 즉시 질풍고수에게서 손을 떼면서 재빨리 뒤로 물러났다.

　스읏…….

　다음 순간 첫 번째 방 안쪽에서 나오고 있는 용비가 손을 흔들어 뿜어낸 흑사화 잿빛 운무가 쓰러지고 있는 질풍고수의 몸뚱이와 은매가 슬쩍 차올린 머리통을 동시에 적중시키면서 감싸 버렸다.

그리고는 몸뚱이와 목에서 피가 뿜어지기 전에 한 무더기 뿌연 재로 만들어 버렸다.

아무 소리도 나지 않았다. 만약 용비가 제때에 손을 쓰지 못했다면 통로 양쪽 방에서 질풍고수들이 무더기로 쏟아져 나왔을 것이다.

그러면 오늘 밤 급습은 성공이 아니라 오히려 진퇴양난에 빠지고 말았을 것이다.

금매는 맞은편 방에서 사람이 나올 줄은 전혀 예상하지 않았다가 당황해서 검에 공력을 주입해야지만 목을 잘랐을 때 피가 뿜어지지 않는다는 사실을 깜빡 잊었다.

그녀는 너무 죄스러워서 어쩔 줄 모르면서 용비의 눈치를 살폈다.

[밥통아!]

은매가 전음으로 호통을 치자 금매는 얼굴을 들지 못하고 용비에게 허리를 굽혔다.

[죄송해요.]

그러나 용비는 금매의 궁둥이를 툭툭 가볍게 쳐주고는 곧장 다음 방으로 향했다.

금매는 화들짝 놀라서 급히 자신의 궁둥이를 만지며 얼굴이 빨개졌다.

[흥! 나도 실수할 거야!]

은매가 금매 곁을 스쳐 지나 용비를 따라가며 냉랭하게 전음을 보냈다.

자기도 실수를 해서 용비가 무마를 해주고는 궁둥이를 쳐주기를 바란다는 뜻이다.

[아, 안 돼 은매야! 그러지 마!]

순진한 금매는 그 말을 그대로 믿고 소스라치게 놀라 부리나케 은매를 뒤쫓아 갔다.

척!

그녀들이 어쩌고저쩌고 할 겨를도 없이 용비는 두 번째 방문을 열고 서슴없이 들어갔다.

안에서 아무 소리도 흘러나오지 않았으나 잠시 후에 용비가 나오더니 맞은편 방으로 향했다.

금은쌍매는 방 안을 들여다 볼 새도 없이 급히 용비 뒤를 따랐다.

삼 층에는 삼십여 개의 방이 있다. 그러므로 용비가 처음 선택한 왼쪽 통로 좌우의 방에는 질풍고수 십오륙 명이 있다는 뜻이다.

약 반각이 흐르는 동안에 용비는 왼쪽 통로의 열네 명을 죽였다.

방은 정확하게 열여섯 개인데 질풍고수는 열네 명이다. 두 명 모자란 것이다.

아마 그 두 명은 외출을 했거나 다른 방의 동료와 함께 있는 것 같았다.

스으…….

용비와 금은쌍매는 오른쪽 통로를 향해 유령처럼 쏘아갔다. 그러면서 용비는 계단 위를 지키고 있는 수진랑과 낙혼에게 고개를 끄떡여 신호를 보냈다.

이때부터는 양상이 바뀌었다. 수진랑과 낙혼이 한 조가 되어 첫 번째 방부터 차례로 소탕하고, 통로 끝 창을 지키고 있던 반아미와 뇌웅이 또 한 조가 되어 끝에서부터 방을 하나씩 소탕하고 나온다.

그러면 용비와 금은쌍매는 통로 중앙 양쪽의 방을 두 개씩 처리하는 것이다.

이런 식이면 최소한의 소음이 새나가는 것은 어쩔 수 없이 감수해야만 한다.

지금은 그보다 신속함이 우선이다. 날이 밝기 전에 항주를 수중에 넣어야 하기 때문이다.

잠시 후에 용비 일행은 오른쪽 통로의 열세 명을 모조리 죽이고 계단으로 향했다.

원래 오른쪽 통로 양쪽 방은 모두 열다섯 개다. 그렇다면 세 명이 빈다. 그들 역시 풍운방 밖에 있다는 뜻이다.

만절사신과 금은쌍매가 질풍고수들을 처치하는 과정에서 미약한 소음이 났지만 용비는 그 정도는 무방할 것이라고 판단했다.

그렇지만 그게 아니다. 선두의 용비가 이 층으로 뻗은 계단을 나는 듯이 쏘아 내려가고 있을 때 계단 아래쪽에서 세 명의 질풍고수가 올라오고 있는 것을 발견했다.

그들은 무기를 뽑지는 않았으나 삼 층에서 흘러나온 소음을 감지하고 확인하기 위해서 올라오는 것이 분명했다.

뒤따라오고 있는 금은쌍매와 만절사신은 세 명의 질풍고수를 발견했으나 거리가 칠팔 장에 이르러 어찌해 볼 수 있는 상황이 아니다.

계단 중간쯤에서 질풍고수들은 한 덩어리가 되어 달려 내려오고 있는 용비 일행을 발견하고 움찔했다.

한두 명이라면 모를까 한꺼번에 일곱 명이 몰려다니는 것은 한눈에도 적으로 판단할 수밖에 없다.

질풍고수 세 명은 달려 올라오는 속도를 늦추지 않은 상태에서 손이 어깨와 허리의 무기로 향했다.

그들이 무기를 뽑는다면 그 소리를 듣고 이 층의 질풍고수들이 파도처럼 쏟아져 나올 것은 자명한 일이다.

그러면 이 전각의 질풍고수 전체와 다른 전각의 고수들까지 모조리 몰려드는 연쇄반응을 일으킬 것이다.

그나마 한 가지 다행스러운 일은 용비 일행을 발견한 세 명의 질풍고수 누구도 위급을 알리는 외침을 지르지 않았다는 사실이다.

이들 같은 초일류급 고수라면 '침입자다!' 라는 유치한 비명 같은 것을 지르지 않는다. 그런 것이 이럴 때 용비 등에게 유리하게 써먹히고 있었다.

금은쌍매와 만절사신의 머릿속에는 이로써 급습이 실패할 것이라는 생각이 들었다.

사아…….

그 순간 그들의 선두에서 계단을 내려가고 있던 용비의 모습이 시야에서 감쪽같이 사라졌다.

그들이 다시 용비의 모습을 발견했을 때, 그는 어느새 세 명의 질풍고수 코앞에 나타나면서 흑사화를 발휘하여 부챗살 같은 잿빛 운무를 뿜어내고 있었다.

스아아…….

세 명의 질풍고수는 용비가 갑자기 자신들 앞에 번쩍 나타난 것 때문에 움찔 놀라는 표정을 지었다가 그 표정 그대로 재가 되어 스러졌다.

용비는 내처 이 층 통로 복판으로 진입했다. 구태여 눈으로 볼 필요가 없다.

이미 그는 기척만으로 왼쪽 통로에서 두 명, 오른쪽 통로에서 한 명의 질풍고수가 빠른 속도로 달려오고 있다는 사실을 간파했다.

삼 층에서 금은쌍매와 만절사신이 낸 기척은 미미한 것이었으나 질풍고수들은 그것을 감지한 것이다.

거리는 왼쪽이 칠팔 장이고 오른쪽이 십여 장에 달했다. 어느 쪽을 먼저 처치해야 하는 것이 아니라 양쪽을 동시에 제거해야만 하는 상황이다.

스와앗!

얇은 휘장이 미풍에 살랑이는 듯한 음향이 용비에게서 나는 듯하더니 양팔을 양쪽으로 쭉 뻗은 그의 장심에서 흑사화의 잿빛 운무와 푸르스름하고 가느다란 두 줄기 지풍이 폭사되었다.

퍽!

"큭……."

푸르스름한 지풍, 즉 천룡신위의 지공 천룡지(天龍指)에 미간이 관통된 왼쪽의 한 명이 미약하고 답답한 신음을 흘리며 뒤로 쓰러지기 시작했다.

같은 순간 오른쪽에서 달려오던 두 명은 흑사화의 잿빛 운무에 휩싸여 신음조차 내지르지 못한 채 한 무더기 재로 화해 버렸다.

용비가 왼손으로 발휘한 천룡지는 그 무엇보다 빠르다는

것과 한 자 두께의 철판도 관통시킨다는 강점이 있다. 그러나 신음까지 흘리지 못하게는 할 수가 없다.

하지만 그의 현재 능력으로는 흑사화를 양쪽으로 동시에 전개할 수가 없다.

그럴 수만 있었다면 이런 위태로운 상황이 발생하지도 않았을 것이다.

그는 천룡지에 적중되어 뒤로 쓰러지고 있는 질풍고수를 향해 빛처럼 쏘아갔다.

질풍고수가 흘린 미약한 신음을 어쩔 수가 없다고 해도 바닥에 쓰러지면서 내는 둔탁한 음향만큼은 무조건 막아야 하기 때문이다.

스으…….

조금 전에 삼 층에서 내려올 때 갑자기 시야에서 사라졌던 수법, 즉 절세의 경공술 주작신위의 봉신연행을 발휘하자 그는 찰나지간에 쓰러지고 있는 질풍고수 면전에 이르러 흑사화를 발휘하며 주위에 호신막을 설치했다.

퍽!

미간이 뻥 뚫려서 이미 절명한 질풍고수는 등이 바닥에서 반 뼘쯤 이른 곳에서 흑사화에 적중되어 한 움큼의 재로 화했다.

그 즉시 용비는 재빨리 주위를 살폈다. 방금 질풍고수의 미간에 천룡지가 적중된 소리와 신음 소리를 듣고 누가 나올지 모르기 때문이다.

금은쌍매는 용비 쪽으로, 만절사신은 반대쪽 통로로 향하는 것이 보일 뿐 방에서 나오는 질풍고수는 아무도 없었다. 천만다행이다.

마지막 일 층.

삼 층과 이 층을 처리하는데 이각이나 소요되었으니 너무 지체했다.

지금쯤 밖에서는 여의신벌 고수들이 눈이 빠져라 기다리고 있을 것이다.

풍운방 밖은 경계가 삼엄한데 여의신벌의 많은 고수들이 오랫동안 은신해 있는 것은 무리가 따른다.

용비는 할 수 없이 결단을 내렸다. 자신이 제일 먼저 질풍신대주의 방을 급습하면 금은쌍매와 만절사신이 닥치는 대로 죽이는 것이다.

물론 될 수 있는 한 소리를 내지 않도록 최대한 조심해야 한다.

용비는 일 층에서 가장 큰 방, 즉 질풍신대주의 방 앞에 이르렀고, 금은쌍매와 만절사신은 좌우의 여러 방 앞에 서서 신호를 기다리고 있다.

그런데 용비가 서 있는 방 안쪽에서 두런거리는 여러 명의 말소리와 기척이 감지되었다.

귀를 기울여보니 정확하게 다섯 명이다. 그러나 그는 개의치 않았다.

방이 아무리 넓은들 좁은 실내다. 그곳에 다섯 명이든 열 명이든 흑사화 한 방이면 깨끗이 해결할 수 있다.

척!

용비가 문을 열고 들어가는 것을 신호로 금은쌍매와 만절사신은 각자 맡은 여섯 개의 방문을 열고 들이닥쳤다.

용비가 들어선 방에서는 탁자에 다섯 명이 둘러앉아서 술잔을 기울이며 대화를 나누고 있었다. 그중에 질풍신대주라고 짐작되는 오십대 초반의 인물이 보였고 나머지는 질풍고수들이었다.

그들은 일제히 고개를 돌려 들어서고 있는 용비를 쳐다보는데 태연한 표정들이다.

그도 그럴 것이, 그들은 조금 전에 하녀에게 술과 요리를 더 많이 가져오라고 시켰으며, 들어서고 있는 용비가 하인인 줄 알고 있었다.

그런데 그의 손에 아무것도 들려 있지 않으며 또한 하녀가 아니라는 것을 확인하고는 표정이 급변했다. 하지만 이미 때는 늦었다.

후악!

용비는 이미 가득 충만해 있는 흑사화를 장심으로 부챗살처럼 내뿜었다.

"웬 놈이……."

뿌연 잿빛 운무가 뿜어오는 것을 보고 다섯 명 중에 한 명이 말을 하려다가 멈추었다.

"크윽……."

"흐으……."

흑사화로 한꺼번에 다섯 명의 초일류급 고수들을 죽이는 것은 약간의 무리가 따랐다.

그래서 그들은 즉시 재로 화하지 않고 탁자를 뒤엎고 쓰러지면서 온몸을 떨며 괴로워했다.

탁자와 의자가 엎어지고 신음을 지르는 요란한 소리가 났으나 용비가 호신막을 펼쳤기 때문에 밖으로는 일체 새어 나가지 않았다.

용비는 더 이상 손을 쓰지 않고 즉시 밖으로 나왔다. 흑사화의 위력을 확신하기 때문이다.

그들은 잠시 괴로워하다가 어차피 곧 한 무더기 재로 화할 것이다. 한두 명을 죽였을 때보다 시간이 조금 더 걸리는 것뿐이다.

밖에서 약간의 소음이 감지되었다. 금은쌍매와 만절사신

이 각자의 방에서 질풍고수들을 죽이는 소리다.

하지만 용비에게 감지될 정도면 전각 밖에서는 절대 감지할 수 없을 것이다.

이후 그는 여덟 개의 방을 돌면서 여섯 명을 더 죽였다. 빈방의 두 명은 아마도 질풍신대주 방에서 술을 마시고 있었을 것이다.

질풍신대가 묵고 있는 전각의 일 층 대전 입구에 용비 일행이 서 있었다.

[신호를 보내라.]

더 이상 지체해서는 실패할 확률이 높다고 판단한 용비는 낙혼에게 지시했다.

그는 이제 전음을 사용하지 않는다. 자신의 생각을 상대의 머릿속에 주입하는 방법을 사용하고 있는 것이다.

낙혼이 즉시 품속에서 검은색의 화통 하나를 꺼내 마개를 열고 하늘을 향하게 한 후 화통의 밑바닥을 손으로 가볍게 툭 쳤다.

슈우우—

순간 화통에서 분홍의 빛줄기 하나가 밤하늘로 빠르게 숫구쳤다가 야공 이십여 장 높이에서 픽! 하고 터지면서 눈부신 붉은 광채를 피워냈다.

공격 신호다. 이로써 여의신벌이 풍운방을 공격할 것이고,
월인궁과 홍의검문은 항주 성내의 다른 방, 문파들을 급습할
것이다.

이제 화살은 시위를 떠났다.

오늘 밤의 작전이 성공하느냐 실패하느냐에 따라서 장차
여의신벌의 향배가 달려 있다.

『만능서생』 9권에 계속…

촌부 新무협 판타지 소설
FANTASTIC ORIENTAL HEROES

『우화등선』,『화공도담』의 뒤를 잇는
작가 촌부의 또 하나의 도가 무협!

무림맹주(武林盟主), 아미파(峨嵋派) 장문인(掌門人),
군문제일검(軍門第一劍), 남궁세가(南宮勢家)의 안주인.

그들을 키워낸 어머니-
진무신모(眞武神母) 유월향(柳月香)!

어느 날, 그녀가 실종되는데……

"하, 할머니는 누구세요?"

무한삼진의 고아, 소랑(少兩)에게 찾아온 기이한 인연.

세상과 함께 호흡을 나눌 수 있다면[天地同息]
천하의 이치를 모두 얻으리래[天下之理得]!

이제, 천하제일인과 그녀가 길러낸
마지막 자손의 이야기가 펼쳐진다!